光文社文庫

文庫書下ろし／長編時代小説

闇目付・嵐四郎《らんしろう》 邪教斬り

鳴海《なるみ》 丈《たけし》

KOBUNSHA

この作品は光文社文庫のために書下ろされました。

『闇目付・嵐四郎 邪教斬り』

目次

第一章　富士塚《ふじづか》の裸女《らじょ》

1

「う……」

石毛十朗太《いしげじゅうろうた》は、急に躑躅《つつじ》の繁《しげ》みのそばにしゃがみこんだ。

胃の腑《ふ》に差しこみが起こったのだ。背中を丸め、両手で膝《ひざ》をつかみ、歯をくいしばって必死で耐える。固く目を閉じた額《ひたい》に、脂汗《あぶらあせ》が浮かんできた。

元来、丈夫なたちで、三十六になる今日まで風邪すらひいたことのない十朗太だが、子供の時から年に二、三度、こんな差しこみが起こるのだ。

前触れはない。季節や昼夜の区別なく、いつも突然、息もつけないほどの激しい痛みが起こり、しばらくすると、けろりと良くなってしまう。

以前、妻が血の道で寝こんだ時に往診してくれた医者に、自分の差しこみのことも相談したことがある。その医者は、知らない内に無理や疲労がある量まで軀《からだ》に溜まるとそういう痛みを引き起こすのではないか――という意味のことを言った。

文政《ぶんせい》十三年六月一日の深夜――江戸は深川《ふかがわ》にある久世大和守広運《くぜやまとのかみひろたか》の下屋敷である。

下総関宿藩《しもうさせきやど》五万八千石の下屋敷の広さは、一万三千坪近い。仙台堀《せんだいぼり》から水を引きこんだ、潮入り池泉回遊式庭園だ。

五代将軍綱吉《つなよし》の時代に、荒海を越えて江戸に蜜柑《みかん》を運び五万両の利益を得たという紀伊国《きのくに》屋文左衛門《やぶんざえもん》は、寛永寺根本中堂《かんえいじこんぽんちゅうどう》の資材手配を引き受けて数十万両の富を築き、吉原《よしわら》遊郭で豪遊して天下に〈紀文大尽〉の名を轟《とどろ》かせた。

住居の敷地は八丁堀《はっちょうぼり》三丁目全域で、二朱判吉兵衛《にしゅはんきちべえ》の作による歌謡集『大尽舞《だいじんまい》』でも、

「抑《そもそも》　お客の始りは高麗《こま》もろこしはぞんぜねど、今日本にかくれなき紀の国文左でとどめたり……」と謡《うた》われているほどだ

その文左衛門が、絶頂期に深川に建てた寮が、この関宿藩下屋敷の前身である千山亭《せんざんてい》である。千山とは、通称を淡路《あわじ》富士という名山の名で、宝井其角《たからいきかく》に名付けられた文左衛門の俳号でもある。

何しろ、吉原の和泉屋《いずみや》で追儺《ついな》を行うのに、豆の代わりに小判や一分金をばら撒《ま》いたという

文左衛門である。金に糸目をつけずに、秩父《ちちぶ》の青石や佐渡《さど》の赤玉石《あかだま》、摂津《せっつ》の御影《みかげ》石などの奇岩名石を六十余州から集めさせたから、あたかも庭園全体が石の博覧会のような豪華さであった。

しかも、大泉水の東南側には、十メートルほどの高さの立派な築山《つきやま》があり、その山頂部には黒い溶岩塊《ようがんかい》が積み上げてある。

霊山である富士山の姿を模した、いわゆる富士塚であった。江戸には、このような富士塚とか小富士とか呼ばれる模造富士山が数多くあったのだ。

富士塚には麓《ふもと》に胎内洞の穴があり、頂上まで稲妻型の登山道がつけられ、中腹には小御《こみ》嶽《たけ》と烏帽子《えぼし》岩、頂上には奥宮まである。

下屋敷警護役で、今夜の宿直人《とのいにん》である石毛十朗太は、この富士塚の裾《すそ》を一人で廻っている最中に、持病の差しこみに襲われたのである。

くいしばった歯の間から、静かに静かに息をつぎながら、十朗太は耐えた。線香が半分ほども燃えるくらいの時間が過ぎると、掻《か》き消すように痛みが消えた。

ほっと一息ついた十朗太は、手の甲で額の汗をぬぐいながら、同輩にこんな醜態を見られなくて良かったと思いつつ、顔を上げる。

「っ⁉」

危うく、驚きの声を上げそうになった。

文政十三年は閏《うるう》三月があるため、陰暦六月一日は夏の真っ盛りで、風のない庭園には昼間の熱気がどんよりと堆積している。新月の夜空には、星の群れだけが瞬《またた》いていた。

そして、六月一日は山開きの日だから、富士塚の登山道には常夜燈が並べられている。その常夜燈に照らされて、いつの間にか、不気味な影法師が立っていたのだ。

影法師は三つ。行衣《ぎょうい》に括《くく》り袴《ばかま》という行者姿だが、異様なのは、それが黒色であることだ。錣《しころ》の長い頭巾《ずきん》も黒で、両眼の部分に横にスリットが入っているだけなので、人相は全くわからない。

十朗太は、この黒ずくめの行者たちが来るのに全く気づかなかったが、彼らもまた、躑躅の繁みの蔭にいた十朗太に気づかなかったようだ。そばに置いた龕燈《がんどう》の灯が消えていたのも、彼が見つからなかった理由だろう。

三人の黒行者は一列になって、音もなく登山道を登ってゆく。先頭の奴《やつ》は、小脇に白い布に包んだ細長い物をかかえていた。

真ん中の奴は、右肩に粗筵《あらむしろ》に巻いたものを担いでいる。その端から、白い素足が突き出している。担いでいるのは人間、それも女らしい。

すぐに頂上に達すると、真ん中の黒行者が筵巻きを下ろした。ごろりと転がり出たのは、やはり女であった。

十代半ばの若い娘だ。しかも、一糸《いっし》まとわぬ全裸である。美しい顔立ちであった。

眠り薬でも飲まされているのか、溶岩塊の上に仰向《あおむ》けに転がったまま、身動きもしない。

肌のきめや乳輪の色艶《いろつや》からして、おそらく男知らずの生娘《きむすめ》であろう。

常夜燈に照らし出された青白い乙女の裸体に、下腹部の繁みの黒が色濃く、異様に淫《みだ》らな光景であった。

先頭だった黒行者が、白布を剝《は》いだ。中から出て来たのは、両刃《もろは》の平たい長剣である。その長剣を両手で下向きに構えると、三人は目で頷《うなず》き合った。

そして、「南無《なむ》、不二仙元大菩薩《ふじせんげんだいぼさつ》――」と唱えながら、剣を持ち上げる。切っ先の真下には、裸女の胸があった。

「――やめろっ！」

それまで、凍りついたように成り行きを見つめていた十朗太が、弾《はじ》かれたように立ち上がり、叫んだ。

「貴様たちは何者だ、ここを久世大和守様の下屋敷と知っての無法な振る舞いかっ」

登山道を一気に駆け上がり、すらっと大刀を引き抜く。

「長剣を捨てて、三名とも、その場に這《は》い蹲《つくば》れ。さもなくば、斬《き》るぞ！」

十朗太は、大喝《だいかつ》した。が、三人の黒行者は、平然としている。

「さて、斬れるか……わしら鉄士隊《てつしたい》が斬れるかのう」

一番後ろから登った黒行者が、小馬鹿にしたような口調で言った。

「おのれっ」

かっとなった十朗太は、大きく振りかぶって、真っ向う唐竹《からたけ》割りに斬り下ろす。

が、その黒行者——鉄士隊は、左腕を上げて顔面をガードした。十朗太の大刀は、そいつの前膊《ぜんはく》部に当たって、火花を散らした。斬り落とすこともできず、停止してしまう。

(こ、此奴《こやつ》、腕に鎖籠手《くさりごて》をっ)

あわてて刀を引こうとした十朗太の首筋が、ぱっくりと割れた。

「ひ………っ!?」

その鉄士隊が、いつの間にか、右手に武器を持っていたのだ。幅六寸ほどの緩《ゆる》やかに湾曲した平べったい刃物である。斧《おの》の刃の部分に似ていた。

奥行きは三寸半ほどで厚さが一分、刃と反対側に長方形の穴があって、そこに四指を通して外から親指で握りこむ。

隠し武器の一つで、〈掌刃《しようじん》〉と呼ばれるものだ。剣聖・宮本武蔵玄信《みやもとむさしもとのぶ》は晩年、外出の時には大小を帯びずに杖《つえ》一本の身軽さだったが、懐《ふところ》にはこの掌刃を忍ばせていたという。

リーチの長い大刀と手指の長さと大差ない掌刃では、圧倒的に掌刃が不利なように思えるが、それは違う。

日本刀は、刃筋《はすじ》を正確に立てて手前に引かないと対象物を斬ることが出来ない。刃筋が狂っていると、素肌に振り下ろしてすら、傷つけられないこともあるのだ。

ところが、この掌刃は肉厚の包丁のようなものだから、刃筋が立っていなくても、相手の肉体を切り裂くことができる。しかも厚手だから、日本刀と違って刃こぼれすることも、ほとんどない。

振り下ろされた大刀を左腕の鎖籠手で受け止めたのとほぼ同時に、その鉄士隊は懐から抜き出した掌刃で、十朗太の頸部《けいぶ》を斬り裂いていたのだ。日本刀との間合《まあい》の差の不利は、鎖籠手で埋めたのである。

自分の喉から鮮血の噴出する音を聞きながら、十朗太は、仰向けに倒れた。そのまま富士塚の斜面を転げ落ちて、大泉水に派手に水柱を立てる。

「おい、生贄《いけにえ》に止どめを」

「うむ」

仲間に促《うなが》されて、長剣を構えていた鉄士隊が、それを裸女の胸に突き立てた。背中まで突き抜ける。

びくんっ、と裸女が痙攣《けいれん》した。そして、流れ出した大量の血が、周囲の黒い溶岩塊を赤黒く染める。

あられもなく大の字に開いた股間《こかん》の繁みから、肉の花弁が顔を覗《のぞ》かせている。そこから、ちょろちょろと断末魔の小水が漏れた。

三人は無言で頷き合うと、長剣や鋌を手にして、登山道を駆け下りた。

「曲者《くせもの》だっ」

池の畔《ほとり》に下りた三人に、あちこちから龕燈の光が浴びせられた。水音を聞いて、他の宿直人たちが駆けつけたのだ。

2

「おおっ、池に浮かんでいるのは十朗太だぞっ」

「手にかけたのは、こいつらかっ」

「そこを動くなっ」

血相を変えて集まった警護役の宿直人は、二十数人。同輩が殺《や》られたと知り、殺気を漲《みなぎ》らせて抜刀《ばっとう》する。

が、鉄士隊は、無造作ともいえる動きで、彼らの中に飛びこんだ。

愕然《がくぜん》とした手前の侍《さむらい》の顔面が、掌刃で縦一文字《たていちもんじ》に断ち割られた。脳味噌《のうみそ》と鮮血が、後方へ扇状に飛び散り、同輩たちの衣服を汚す。

たちまち、頭を割られ喉を斬られ腕を斬り落とされた者たちが六、七人、血まみれになって倒れる。他にも手傷を負ったのが、三、四人。

「て、手強《てごわ》いぞっ」

どよめいた隙《すき》に、さらに四人を斬り倒して、鉄士隊は塀に向かって風のように走った。野獣のように素晴らしい跳躍力で、その塀に飛び上がり、そして、その向こうへ消える。

「外だ、外へ逃げたっ」

無傷の九人が、潜《くぐ》り戸《ど》から外へ出た。伊勢崎町《いせざきちょう》の通りを、大川の方へ走ってゆく後ろ姿が見えた。

「あっちだっ」

今夜の宿直人頭《がしら》の小松六兵衛《こまつろくべえ》が、吠《ほ》える。

静まりかえった深夜の通りを、九人の関宿藩士は荒々しく駆け抜けた。鉄士隊が、十字路を右へ曲がった。

見失うまいと、さらに足を速めて、九人もその角を曲がる。

「う……っ？」

黒い行者装束の三人は、どこにもいない。ただ、数間先《すうけん》に蕎麦屋《そばや》の屋台があり、そこに長身痩軀《そうく》の浪人者が立っているだけだ。

「小松様……」

「うむ」

六兵衛は、その屋台へ向かった。八人の藩士も、その後に続く。

手酌《てじゃく》で飲んでいる浪人者は、近づいてくる六兵衛たちの方を見ようともしない。墨流し染めの着流しに籠目小紋《かごめこもん》の袖無《そでな》し羽織、女物の錦織《にしきおり》の帯に大小を落とし差しにしていた。

月代《さかやき》を伸ばし、後ろ髪を項《うなじ》のあたりで括《くく》って、背中に垂らしている。

「今、怪しい三人の男がこっちへ走って来ただろう。どこへ行った、答えろっ」

六兵衛が居丈高《いたけだか》に問う。

「――知らんな」

二十代後半の浪人者は、気怠《けだる》げに答えた。

「何だとっ」

「俺《おれ》は、この屋台の親爺《おやじ》が近所の酒屋を叩《たた》き起こして酒を買ってくるのを、待っているだけだ。誰も、こっちには来ておらんよ」

天竺《てんじく》からの渡来者の血をひいているのかと思うほど彫りの深い顔立ちで、屋台の行灯《あんどん》に照らされて陰影が濃い。凄いほどの美男ぶりだが、軟弱な印象は皆無《かいむ》で、切れ長の双眸《そうぼう》には昏《くら》い翳《かげ》が宿っている。

「隠すところをみると……貴様も奴らの仲間かっ」

頭に血が上った藩士の一人が、いきなり、浪人者に斬りかかった。

が、その刃が浪人者に達するよりも早く、猪口《ちょこ》が額に激突して粉々に砕ける。そいつは、大刀を放り出してひっくり返った。

浪人者が、手首の返しを十分に効かせて、猪口を投げつけたのである。

「おおっ」

「やったなっ」

「逃《のが》すなっ」

残った八人が半円を描いて、浪人者を取り囲む。浪人者は、ゆっくりと彼らの顔を見回すと、音もなく大刀を抜いた。

「死ねっ」

左側の奴が、斬りかかって来る。浪人者は軀《からだ》を開いて苦もなくかわしつつ、右肩に大刀を振り下ろした。

肩の骨を微塵《みじん》に砕かれて、その藩士は這い蹲るように倒れる。峰打ちだったのだ。

右側の奴が気合とともに、諸手《もろて》突きを繰り出して来た。浪人者は、その刀を弾き飛ばすと、そいつの左脇腹に大刀を叩きこむ。

肋骨を砕かれ内臓まで破裂した男は、苦悶《くもん》して火に炙《あぶ》られた芋虫のように地べたを転げ回る。

「もう、よせ」浪人者は静かに言った。

「あんたらが追っていた者は、たぶん、角を曲がると見せかけて、屋根の上に跳び上がったのだ。今頃は屋根づたいに、反対の方向へ逃げているだろうよ」

それを聞いて、さすがに関宿藩士たちは、しまった……という表情になった。しかし、目の前で朋輩《ほうばい》を三人も赤子同然に扱われた以上、この浪人者を放っておくわけにはいかない。

「――みんな、曲者のあとを追え」

小松六兵衛が重々しい声で、そう言った。

「しかし、小松様……」

「この浪人者の始末は、わしがつける。早く行けっ」

「ははっ」

五人の関宿藩士は仕方なく、さっきの角の方へ走った。中には、ほっとした表情の奴もいる。

六兵衛は刀の下緒《さげお》で襷掛《たすきが》けをしてから、

「関宿藩兵法指南役、小松六兵衛と申す」

「素浪人――結城嵐四郎《ゆうきらんしろう》」

浪人者は答えて、刃《やいば》を返した。

「どうやら、峰打ちで済む相手ではなさそうだ」

「如何《いか》にも」

六兵衛も刀を抜いて、正眼に構える。嵐四郎は右脇構え。両者の距離は二間半――四・五メートルくらいだ。

角の常夜燈が、二人の影を地面に黒々と描き出している。地面に転がっている二人の藩士の苦しげな息づかいだけが、深沈《しんちん》とした通りに流れていた。

嵐四郎と六兵衛は対峙《たいじ》したまま、ぴくりとも動かない。膨れ上がった殺気だけが、濃霧のように周囲に漂《ただよ》っていた。

永遠に見合ったままかと思われるほど長い時間が過ぎて、夜風が嵐四郎の前髪をなぶった――その瞬間、両者が一気に間合を詰める。

六兵衛が振り上げた大刀を嵐四郎の左肩口に袈裟懸《けさが》けに振り下ろすのと、右脇構えから斜めに走った嵐四郎の大刀が、激突した。

それを予測していた六兵衛は、極端に腰を落としつつ、弾き返された大刀が弧を描いて嵐四郎の脛《すね》を横薙《よこな》ぎにする。嵐四郎は、その刃をかわすために、半間ほど斜め後ろへ跳んだ。

六兵衛の剣は宙を斬った。しかし、誰でも後ろへ跳べば、着地の際に体勢が崩れる。その僅《わず》かな隙を狙って、軀を起こした六兵衛は大きく踏みこみ、諸手突きを繰り出した。が、嵐四郎は着地した瞬間に、滑るように前へ進み出る。

二人の位置が入れ代わった。

「わしの方が……」

ややあって、六兵衛が呟《つぶや》いた。

「わしの踏みこみの方が早かったのに……」

その刹那《せつな》、六兵衛の口から爆発的に血が噴き出した。すれ違い様《ざま》に、嵐四郎に抜き胴で斬られた左脇腹も大きく裂けて、血と臓腑が弾け飛ぶ。

己《おの》れが作った血溜《ちだ》まりの中に、小松六兵衛はゆっくりと倒れこんだ。

苦悶していた二人は、その凄惨《せいさん》な最期に啞然《あぜん》として息を呑《の》む。

血刀《ちがたな》を懐紙《かいし》でぬぐって、鞘《さや》に納めると、

「紙一重さ」

そう言い捨てて、結城嵐四郎は夜の闇の奥へ歩き去った。

3

日光例幣史《にっこうれいへいし》街道は、朝廷から派遣された例幣史が毎年四月、日光東照宮《とうしょうぐう》に参向するために通る道だ。中仙道《なかせんどう》の倉賀野《くらがの》宿から始まって、楡木《にれき》宿までの十四宿・二十三里半をいう。楡木宿からは、壬生道《みぶどう》の奈佐原《なさはら》・鹿沼《かぬま》・文挟《ふばさみ》・板橋《いたばし》の四宿を経て、日光街道の今市《いまいち》宿へと続いている。今市宿の次は鉢石《はちいし》宿、その次が終点の日光だ。

久世大和守の下屋敷で惨劇があった翌日の昼間——壬生道を文挟宿から南の方へ向かう、旅人の姿があった。

若い渡世人《とせいにん》である。

棒縞《ぼうじま》の着物の裾を臀端折《しりはしょ》りにし、その下は白の木股《きまた》、人別帳から外された無職渡世《ぶしゆくとせい》にしては身綺麗《みぎれい》な格好だ。三度笠《さんどがさ》ではなく一文字笠《いちもんじがさ》を被り、右肩に担いだ引き回しの合羽《カッパ》が木綿ではなく黒繻子《しゆす》なのも珍しい。

月代を綺麗に剃り上げていて、細面《ほそおもて》で色白、女形《おんながた》でも務まりそうな優男《やさおとこ》であった。しかし、一定のリズムを刻む足取りと腿《もも》の筋肉の締まり具合から、旅慣れた強靭《きょうじん》な肉体の持ち主であることがわかる。

街道の両側には、慶安《けいあん》元年に甘縄《あまなわ》藩主・松平正綱《まつだいらまさつな》が寄進したという杉並木が高く高く聳《そび》え立ち、さらに曇天《どんてん》であるため、日没間近のように薄暗い。あと十数町も歩けば、この見事な杉並木も終わる。

「ん……？」

渡世人は、前方に蹲っている人影に気づいた。

江戸・日本橋《にほんばし》から二十六里目であることを示す一里塚の前に、浅黄《あさぎ》色の手拭《てぬぐ》いを姐《あね》さん被りにした旅装の女がしゃがみこんで、腹を押さえている。

足を速めて、渡世人はその女に近づいた。

「どうしなすった」

「は、はい……持病の癪《しゃく》が……」

女は二十七、八の大年増《おおどしま》だが、眉《まゆ》を寄せて苦しげに言う様が、ひどく色っぽい。肉感的な顔立ちであった。

「そいつはいけねえな。旅慣れないと、意外と軀が冷えるもんだ。立てるかね。あっしが、文挟宿まで送ってあげやしょう」

少しも邪心のない表情で、渡世人が言う。

「ご親切に、ありがとうございます……ですが、今少し楽になってからでないと……さすっていただけますか」

「うむ。どこだい、ここかね」

遠慮なく胸元から左手を入れた渡世人は、女の帯の下あたりを撫《な》でてやった。胸乳《むなぢ》は豊かだ。

「ああ、そこを……」

熱い息を吐きながら、女は、渡世人の左腕に両腕ですがりつくようにする。

その時、街道の両側にある一里塚の蔭から、二人の男が飛び出して来た。二人とも行商人風で、手に二間――三・六メートルほどの長さの竹槍《たけやり》をつかんでいる。

「命はもらった！」

「死ねえ、木曾狼《きそおおかみ》っ！」

喚《わめ》きながら、左右から竹槍を突き出す。渡世人が左腰の長脇差《ながどす》を抜こうにも、蛸《たこ》のようにしがみついている女が邪魔で、抜けない。

斜めに切って油を染みこませ炙《あぶ》り固めた竹槍の先端が、渡世人の肉体を刺し貫こうとした瞬間、突然、その姿が消えた。

何もない空間を貫通した二本の竹槍は、勢い余って地面に斜めに突き立てられてしまう。

そこへ、ばさりと宙に舞っていた黒繻子の合羽が落ちた。

木曾狼と呼ばれた渡世人は、咄嗟《とっき》に右手を女の肩にかけて、逆立ちをするように彼女の頭上を飛び越えたのである。その勢いを利用して、絡《から》みついていた女の両腕から左腕を抜いたのであった。

一回転して女の背後に着地した渡世人は、右手で一文字笠の紐《ひも》を解き、左手で長脇差の鯉《こい》口《くち》を切った。

そして、右側の男の顔めがけて、一文字笠を投げつけた。回転する笠の端《はし》が目に当たった男は、「わっ」と叫んで竹槍を放り出し、両手で顔をおおう。

その間に、渡世人は左の男に迫っていた。左の逆手で抜いた道中差が、すれ違い様に、そいつの頸部《けいぶ》を薙いだ。

「げ……っ⁉」

信じられぬという表情を顔面に貼りつかせたままで、男の首が長く血の尾を曳《ひ》いて飛んだ。

頸部の切断面から、生ける間歇泉《かんけつせん》のように、ぴゅっぴゅっ……と鮮血が噴き出す。

「ひぃっ」

その血をまともに顔面に浴びた女は、甲高《かんだか》い悲鳴をあげて失神した。

「くそっ」

左側の男が、地面に落とした竹槍をつかんで、それを構えようとした。

が、渡世人が素早く、その竹槍の先を踏みつけて、高く跳ぶ。

空を仰いだ男は、怪鳥《けちょう》のように落下してくる渡世人の姿を見た。その長脇差が、自分の胸の真ん中を貫く。切っ先が、男の背中から突き出した。

男は口を大きく開いて何か言おうとしたようだが、言葉は出なかった。瞳《ひとみ》から光が失せて水っぽくなり、くたくたと地面に崩れ落ちる。

渡世人は、そいつの腹に片足をかけて、長脇差を引き抜いた。大きく吐息を洩《も》らすと、死人の着物の袖で刃の血脂《ちあぶら》を拭い、鞘に納める。

街道を見回して、誰も目撃者がいないことを確認した。そして、ちらっと気絶している女を見てから、二つの死骸の襟首をつかんで、右側の一里塚の裏手に隠す。二本の竹槍と一間半ほど先に落ちていた生首もだ。

それから、黒繻子の道中合羽を引き回すと、気を失ったままの年増女を右肩に担ぎ、一文字笠を手にして左側の林の中へと入る。

かなり奥へ分け入った渡世人は、懐中から取り出した捕縄《とりなわ》で、背中にまわした女の両腕を縛った。そして、着物や肌襦袢《はだじゅばん》の裾をまくり上げて、臀《しり》を剝《む》き出しにする。

熟《う》れきった肢体《したい》であった。脂がのった肌が、ぬめるようだ。が、渡世人は無表情に、女の両足を座禅《ざぜん》の形に組む。

こうして年増女は、頭と両膝の三点を地面につけて、臀を高々と持ち上げた奇妙な格好になる。

いわゆる、座禅転《ざぜんころ》がしという姿勢だ。豊穣《ほうじょう》な恥毛に覆われた赤紫色の秘部だけではなく、黒ずんだ臀孔《しりあな》までもが丸見えになっている。一対の花弁の発達具合と色艶からして、相当の場数を踏んだらしい女体だ。

その異様な感覚によってか、女は目を覚ました。

「……な、なんだよ、あんたっ」

血に汚れた顔を歪《ゆが》めて、女は叫ぶ。

「いやらしい奴だね、あたしをこんな格好にして、一体、どうしようってんだっ」

「知ってるだろうが、おめえさんとは初見参《ういけんざん》だから名乗っておこう」

渡世人は、手近な樫《かし》の木の枝を斬り落としながら、言う。

「俺ァ、木曾福島《ふくしま》は大神《おおがみ》村の生まれ、大神の今日次《きょうじ》って無宿者だ。木曾狼と呼ぶ奴もいる」

「それがどうした、早く、この縄を解きやがれっ」

「姐《ねえ》さんの名は」

三尺ほどの長さの枝の余計な小枝を、懐から抜いた匕首《あいくち》で斬り落としながら、今日次は訊《き》いた。

「ふん、稲妻《いなずま》お燕《えん》を知らないか、五街道でも有名な道中師のお燕さんだ。股座《またぐら》の弁天様をさらけ出されたくらいで降参するような素人女と一緒にすると、怪我《けが》ァするよっ」

淫靡《いんび》な格好で、お燕は、いさましく啖呵《たんか》を切った。道中師とは、掏摸《すり》を意味する懐中師と対になっている言葉で、旅人の金品を抜き取る者のことをいう。

「なるほど、お燕姐さんか。ところで、俺を竹槍で突き殺そうとしたあの二人は何者かね。道中師には見えなかったが」

「誰が喋《しゃべ》るもんか。そんなに知りたきゃ、ホトケに訊きな」

毒々しい表情で、吐き捨てるように言った。

「お燕さん。俺は無宿者で、賞金稼ぎだ。お上《かみ》から賞金のかかっている悪党を追いつめて、生け捕りにするか叩っ斬るのが、俺の稼業だ。悪党が命乞いしようが、泣き落としにかけようが、一切、手加減しねえ」

匕首で削られた樫の枝の先端は、楔《くさび》のように鋭くなっている。今日次は、その先端を見つめて、

「だから、悪党どもにも同業者からも、銭《ぜに》の亡者で血も涙もない氷みてえな野郎だと言われ

ている。だがな——俺は、旅の途中で難儀している者がいたら、損得考えずに助けることにしているんだ」

「下らないご託《たく》並べてないで、あたしの弁天様に、さっさと腐れ魔羅をぶちこんだらどうなのさ。それとも、貧相すぎて見せられないのか、泥鰌《どじょう》みたいな萎《な》え魔羅かいっ」

「なんでかってえと、昔……」

お燕の口汚い罵声《ばせい》を無視して、今日次は言った。

「そう、ずいぶんと昔のことだが……俺も行き倒れになって、赤の他人に助けられたことがあるからさ。あの時だけは、この世に人情ってものがあるんだと、しみじみと知ったよ」

彼の眼が、お燕の方を見た。その瞳は、下半身を剝き出しにした美女を前にしても色欲の色は微塵もなく、ただ冷酷な光を湛《たた》えているだけだ。

「だからな。病人を装って俺を騙《だま》したことだけは、絶対に許せねえ」

そう言って、木の枝の尖《とが》った先端を、お燕の秘処《ひめどころ》にあてがう。その時になって、ようやく、お燕は、自分が座禅転がしにかけられた本当の意味を知った。

彼女を欲望のままに凌辱《りようじよく》するためではない。大神の今日次は、即製の樫の木の槍で女の部分を抉《えぐ》るつもりなのだ。

「や、やめて、お願いっ」

空元気《から》が吹っ飛んだお燕は、蒼白《そうはく》になって悲鳴を上げた。生きたまま串刺しにされる恐怖のために、全身から冷たい汗が噴き出している。

「喋るよ、あいつら、忌服《いみぶく》の権十郎《ごんじゅうろう》の手下なのさ」

「ああ、あの四十両首か」

「そ、そうだよ、あんたが去年の暮れに叩き斬った盗人《ぬすっと》さ。頭目《とうもく》を殺られ《や》て、手下どもは散り散りになっちまったけど、あの幹太《かんた》と新八《しんぱち》だけは、どうしてもお頭《かしら》の仇討《あだう》ちがしたいって……」

「………」

「あたしゃ、三両で頼まれただけさ。幹太たちが、今市宿に羽根虫《はねむし》の善兵衛《ぜんべえ》って賞金首が隠れているっていう偽の噂《うわさ》があんたの耳に入るようにして、当てがはずれて壬生道を帰るところを襲う算段をしたんだよ。あたしゃ、ただ、顔見知りの新八に頼まれて、三両の礼金で、あんたを足止めする役を引き受けただけさ。それだけなんだよ」

「俺の命の値段が三両か……」

今日次は、唇に苦っぽい笑みを浮かべる。

「そいつは、ずいぶんと張りこんだもんだな、俺のような屑《くず》によ」

「ね、正直にみんな喋ったンだから、助けておくれよ。その代わり、心をこめてご奉仕するからさあ。夜鷹《よたか》だって二の足を踏むような、凄《すご》い床業《とこわざ》があるんだ。あたしのあそこの味は……

おぐっ!?」

お燕の言葉が途切れて、豚のような濁った呻《うめ》きが洩れる。いきなり、今日次が即製の木槍を五寸ばかり、局部に押しこんだからだ。

「あばよ、地獄で逢《あ》おうぜ」

そう言い捨てた大神の今日次は、絶叫するお燕に構わず、木槍を根本まで押しこむ——。

第二章　比翼《ひよく》の鷹《たか》、連理《れんり》の牙《きば》

1

その娘の額には汗が珠《たま》になって、真夏の陽射《ひざ》しに光っている。娘の年齢は十代半ばであろう。

身につけているのは、懸《か》け守《まも》りのように首からぶら下げた革袋のみ。それ以外には一糸まとわぬ全裸である。

艶やかな髪を、男髷《まげ》に結《ゆ》っていた。小柄で骨細のほっそりとした体型だが、まるで少年のように全身の筋肉が無駄なく引き締まり、鞭《むち》のような弾力を秘めている。

胸のふくらみは小さめだが、臀は半球状でなめらかなカーヴを描いていた。女の聖地を飾っている秘毛は薄く、産毛《うぶげ》と区別するのが難しいほどで、ほとんど無毛といってもよかろう。

薄桃色をした秘裂から、花弁が慎ましやかに顔を覗かせていた。

この娘、名をお凜《りん》といった。神田須田町《かんだすだちょう》にある部屋数五間の古い借家、その黒板塀に囲まれた庭に、お凜は立っている。

三間ほどの距離をおいて彼女に相対《あいたい》しているのは、白い下帯《したおび》一本の長身の男――結城嵐四郎だ。ここは、嵐四郎の家なのであった。

「――行くぞ」

下帯に鞘を差し、右手に大刀をさげた嵐四郎が鋭く言うと、

「はい、お願いしますっ」

お凜も、緊張しきった表情で答える。

次の瞬間、嵐四郎は滑るように間合を詰めて、大上段に振りかぶった刀をお凜の頭上めがけて振り下ろした。

お凜は右斜め前に転がって、その刃をかわす。臀の割れ目の下で、肉の花弁がよじれるように開き、濡れた内部粘膜を一瞬だけ見せて、すぐに閉じた。

直前まで彼女の存在していた空間を縦一文字に斬り裂いた嵐四郎は、すぐさま左へ向き直って、一回転して立ち上がろうとしたお凜の背へ、大刀の切っ先を突き出した。

「うっ」

その気配を背中で察したお凜は、素早く右へ跳ぶ。野兎《のうさぎ》のような敏捷《びんしょう》さであった。並の男では——いや、普通の武士でも、これほど見事な体捌《たいさば》きは不可能であろう。近頃は、筆と算盤《そろばん》より重いものは持ったこともないという武士も珍しくないのだ。

半間ほど離れた位置に着地したお凜に、容赦《ようしゃ》なく大刀の横薙ぎが襲いかかる。

その切っ先を、お凜は、ぎりぎり一寸ほどの間でかわした。その時には、彼女の左手は、首から下げた革袋の中から火箸《ひばし》を平たくしたようなものを五本、つかみ出している。

〈刺雷《しらい》〉と呼ばれる隠し武器だ。

長さは三寸——九センチほどで、一方の端が鋭く尖り、もう一方が丸くなっている。棒手裏剣《ぼうしゅりけん》の小型版というところか。

「しぇいっ」

お凜は歯と歯の間から気合を迸《ほとばし》らせて、刺雷を打った。

至近距離だ。嵐四郎の眉間《みけん》の急所に、必殺の一本が飛ぶ。

かっ、と乾いた音を立てて刺雷が深々と突き刺さったのは、嵐四郎の眉間ではなく、太めの薪《まき》であった。彼は、左手に握っていた一尺ほどの薪を、己《おの》れの顔の前にかざしたのである。

が、その時には、お凜は二本目の刺雷を放っている。喉元《のどもと》に飛んできたそれを、嵐四郎は苦もなく薪で受け止めた。

受け止めながら間合を詰めて、下段の剣を斜め上に跳ね上げた。

お凜は後方へ宙転して、その逆袈裟の刃の軌道から逃れた。渓流で育った若鮎《わかあゆ》のように優美に身をくねらせて着地したお凜は、口に咥《くわ》えていた三本目の刺雷を右手に取り、気合とともに打つ。

男の逞《たくま》しい胸の真ん中に飛来したそれも、薪に突き刺さった。さらに鳩尾《みぞおち》に向かって飛んできた四本目の刺雷も、嵐四郎は薪で受け止めた。

が、その時には、お凜は鞠《まり》のように背中を丸めて前方転回し、素早く嵐四郎の足下に飛びこんでいる。

そのしゃがんだ姿勢から、下帯に包まれた男性最大の急所を、お凜は左手に握った最後の刺雷で突き上げた。

かつーん……と乾いた音を立てて、薪が空中に吹っ飛ぶ。ほぼ同時に、後方へ跳んだ嵐四郎の大刀が、仰ぎ見たお凜の顔面に振り下ろされた。

あと一分《ぶ》——わずか三ミリの間で、ぴたりと大刀は停止した。お凜の両眼は、かっと見開かれたままである。

「うむ、よろしい」

嵐四郎は、大刀を腰の鞘に納めた。

「有難うございましたっ」

立ち上がったお凜は、ぺこりと頭を下げる。気が緩んだせいか、全身から一斉に汗が噴き出した。

地面に転がっている薪を見て、

「嵐四郎様……やっぱり凄い」

お凜は溜息をついた。

薪に突き刺さった四本の刺雷は、正確に一寸ずつの等間隔で一列に並び、さらに最後の一本は薪の先端の切断面、その真ん中に突き刺さっていたのである。

至近距離から打たれた武器に、このような余裕を持って対処することは、普通の兵法者には難しいだろう。

「なんの。お凜も最後の一本を打たずに、相打ち覚悟で敵陣に飛びこんで突き上げたのは立派だ。刺雷は、敵の刃の届かぬ安全圏から攻撃する打物《うちもの》で、お前にもそう教えたが、常に相手と刺し違える気持ちを持たねば、到底、役には立たぬ。それに、その最後の一本まで防御され、真っ向う唐竹割りの窮地に陥ったにもかかわらず、目を閉じなかったのは、見事の一言に尽きる。無手になろうが断ち割られようが、その寸前まで刮目《かつもく》して逆襲の機会を狙《ねら》う──一廉《ひとかど》の剣客、兵法者でも成しがたいことだ」

「えへへへ」

お凜は子供っぽい表情になって、照れ笑いする。

「だが──」

嵐四郎は、かすかに笑みを浮かべて、

「早く風呂へ入った方がいいようだな」

「え？」

お凜は、嵐四郎の視線の方向へ目を落とした。自分の足下だ。その乾いた地面に、掌《てのひら》ほどの広さで水をこぼしたような跡がある。

「あっ」

十六歳の彼女の頰《ほお》は、熟れた林檎《りんご》よりも真っ赤になった。振り下ろされた刃を凝視していた時、さすがの恐怖に水門が緩んだものか、わずかに失禁していたのである。

「馬鹿、嵐四郎様の意地悪っ」

羞恥《しゅうち》のあまり、男にしがみついて、その分厚い胸に頰をこすりつけた。

嵐四郎は、その細い頤《おとがい》に指をかけて上向かせた。くちづけする。

目を閉じたお凜は、貪《むさぼ》るように舌を絡ませてきた。

2

お凜は横座りになっている。

朝霧のように白い湯気のたちこめる内風呂の湯船の中で、胡座《あぐら》をかいた嵐四郎の膝の上に、

乳房の先端を吸われて、お凜は甘ったるい喘《あえ》ぎを洩らした。

「ああ……ん…嵐四郎様ァ」

命懸けの真剣特訓の直後だから、十六娘の肉体は、常よりも激しい反応を示した。

この時代——武士も町人も男子は十五歳前後で元服した。元服とは、現代でいうところの成人式である。

女子は、男子よりも早く、十三歳くらいで成人となり、結婚して子供を産むことができた。

女性の場合、原則として十三歳から十八歳までを〈娘〉と呼び、十九歳以上は〈女〉である。二十歳を過ぎると〈年増〉で、二十代後半になると気の毒にも〈大年増〉と呼ばれてしまう。

男性もまた、四十代で隠居することは珍しくなく、五十歳で〈中老人〉と呼ばれる。日本で最初に平均寿命が算出されたのは明治二十四年のことだが、一応、西洋医学が普及したその頃でも、男性が四十二歳、女性が四十五歳であった。ましてや、漢方医学が主流だった江戸時代では、乳幼児の死亡率が高く、平均寿命が一説には三十五歳といわれるほど短かった。重病や大怪我をしたら、助かる可能性は低い。だからこそ、普段から厄《やく》よけのために神社仏閣に参拝し、お守りや縁起をかつぐことに熱心だったのである。

そして、〈家〉の維持と労働力の確保のために、女性は早めに結婚して、できるだけ多くの子供を産むことが求められたのだ。

将軍や大名の正妻は、三十歳になると〈お褥辞退《しとねじたい》〉といって夫との同衾《どうきん》を断るのが慣例である。これについては、無論、若い側室《そくしつ》や妾《めかけ》の肉体を楽しみたいという男性側の勝手な欲望もあっただろう。

しかし、公家《くげ》や大名の姫君は、小さい頃から運動も労働もしないために虚弱な女性が多かったので、三十過ぎてからの出産には母体が耐えられないという理由もあったのだ。

庶民の男児は十歳くらいで商家へ奉公するし、吉原の遊女は十四歳から客をとる。たとえば、元治《がんじ》元年の川崎《かわさき》宿の記録によると、飯盛女郎《めしもりじょろう》の年齢は最高が二十八歳、最低が十四歳であった。

武士の男子は元服の時に切腹の作法を教えられるし、大久保彦左衛門《おおくぼひこざえもん》が初めて合戦に出たのは——これは戦国時代のことだが——十六歳の時だった。

それゆえ、現代人がこの時代の人々の行動や心情を理解するためには、その実年齢に五歳から十歳上乗せする必要があろう。

つまり、十六歳のお凜は、現代の年齢に換算すると、二十代前半くらいということになる……。

「んん、ん、俺《オイ》ら……そこ……ひぃっ」

嵐四郎の右手の指が若々しい秘裂をまさぐると、お凜の軀に漣《さざなみ》が走った。湯とは別の熱いものが、その花孔の深淵から無限に湧き出して来る。

「もう…お願い……」

お凜は、嵐四郎の首に両腕を絡みつかせて、大胆にも彼の膝を跨《また》いだ。

その花園に、屹立《きつりつ》した肉柱が触れる。

巨《おお》きい。長さも太さも、普通の男性のサイズの倍以上はある。逞しく脈打っていた。

丸々と膨れ上がった玉冠部とその下の段差が著しく、いわゆる雁高《かりだか》というやつだ。しかも、百戦錬磨の強者《つわもの》である証明なのか、漆《うるし》を塗ったように黒光りしている。

巨根である。男器の名品というべきであろう。

嵐四郎は、お凜の細腰を両手でつかむと、真下から巨砲で貫いた。

「――っ！」

お凜は、仰《の》けぞった。長大なそれの根本近くまで、彼女の内部に没する。

若々しい肉襞《ひだ》の新鮮な締めつけを味わいながら、嵐四郎は、ゆっくりと抽送する。

胸部や腰は色白だが、お凜の顔と手足が小麦色に日焼けしているのは、表向きの稼業が廻《まわ》り研屋《とぎや》だからだ。

彼女の亡父は〈飛燕《ひえん》の吉《きち》〉の異名を持つ盗人だったが、捕方《とりかた》に追われて足に怪我をしたため、現役を退いた。そして、当時十歳だった娘のお凜に盗術の英才教育を行ったのである。

男装をして凜之助《りんのすけ》と名乗り、裕福な商家を廻っては下見をし、大胆不敵な盗みを繰り返すお凜を、世間はいつしか〈幻《まぼろし》小僧《こぞう》〉と呼ぶようになった。

その幻小僧凜之助ことお凜が、ある事件を切っ掛けとして嵐四郎と宿命的な恋に落ちて、大事に守ってきた貞操を彼に捧げたのである。

結城嵐四郎は、ただの浪人剣客ではない。町奉行所が裁けぬ悪党に破邪《はじや》の剣を振るう者――闇目付《やみめつけ》なのであった。

嵐四郎とお凜は、通常の男女の仲を越えた関係にある。魂の奥底で繋《つな》がっている。

身も心も嵐四郎に捧げているお凜は、彼のためならどんな危険も厭《いと》わないし、死ねと命じられれば、その場で死ねる覚悟だ。嵐四郎もまた、お凜を生涯の伴侶《はんりょ》と思っているし、彼女に万一の事があれば、その仇を討ってから後を追うつもりだ。

まさに、比翼の鷹、連理の牙――とでもいおうか。

そのような強固な繋がりがなければ、全裸で真剣に立ち向かうような訓練はできるものではない。

「ら、嵐四郎様……俺ら、もう……死ぬ、死んじゃうよぅぅっ」

男の広い背中に爪を立てて、お凜は歓喜の悲鳴をあげた。

鋼《はがね》のような剛根で怒濤《どとう》のように突きまくられると、全身を痙攣させて絶頂に達する。肉洞が断続的に、嵐四郎のものを締めつける。

それに合わせて、嵐四郎も放った。

灼熱《しゃくねつ》の白い溶岩流が、十六娘の奥の院をも貫通するような勢いで噴出する。その強烈な刺激に、お凜はさらに深い陶酔へと送りこまれた。

数度に分かれた噴出が終わった後も、二人は座位の姿勢で抱き合ったままであった。

ややあって――まだ陶酔から醒《さ》め切らぬお凜の耳朶《じだ》に、嵐四郎は唇をあてた。そこに溜まっている汗を舐《な》める。

「んふぅ……」

くすぐったそうに、お凜が身じろぎした。

それから、二人は唇を合わせる。無言で、互いの唾液を吸い合った。

そうしながら、お凜の左手が、湯船の縁に引っかけてあった手拭《てぬぐ》いをつかむ。嵐四郎の右手も、湯船の底を探る。

次の瞬間、二人は、さっと軀を離して、連子窓《れんじまど》の方へ向き直った。お凜の左手には、手拭いの中に隠していた刺雷が二本、嵐四郎の右手には、T字型の掌剣《しょうけん》が握られている。

「――誰だ」

嵐四郎が誰何《すいか》すると、

「へい、定吉《さだきち》でございます」

窓の外から、遠慮がちに答える者がいる。

「呼び出しか」

緊張を解いて、嵐四郎が言った。

「ご足労いただくように――と主人より申し遣《つか》って参りました」

大町人《おおちょうにん》・樽屋籐左衛門《たるやとうざえもん》の手代《てだい》を勤めている定吉が静かに言った。

結城嵐四郎に、闇目付としての依頼が来たのである。

3

久世大和守広運は、脇息《きょうそく》をつかむと家臣たちのいる次の間に投げつけた。

「たわけ、曲者の正体がわからぬで済むかっ」

嵐四郎の家を定吉が訪れたのと同じ頃――伝奏屋敷の斜め向かい側にある関宿藩上屋敷の中では、藩主の怒りが爆発していた。

「仮にも五万八千石の大名の下屋敷が襲われ、血で瀆《けが》されたというに。曲者を討ち洩らしたままで、久世家の面目はどうなるっ」

「ははっ」

江戸家老の小松三左衛門《さんざえもん》は、畳に額をこすりつけるようにする。嵐四郎に倒された兵法指南役・小松六兵衛は、この家老の甥《おい》にあたる。

「当家出入りの町奉行所与力《よりき》を通じて、町方の者に色々と探らせては見たのですが、ともかく相手は神出鬼没の怪人でして……どこの何者か、一向に見当が付きませぬ。かといって、表立って当家の者どもが探索を始めれば、御公儀に目をつけられるは必定《ひつじょう》……」

「もう、よいっ」

さらに癇癪《かんしやく》を起こして、大和守は怒鳴った。

「顔も見とうない、退《さ》がれっ」

小松三左衛門たちは、這々《ほうほう》の体で次の間から退出する。

「禄盗人《ろくぬすっと》どもめが……もはや合戦などあり得ぬご時世に、家臣としてかような時に役に立たずに、何時《いっ》、役立つというのだ」

いらいらと大和守が爪を噛《か》んでいると、

「──殿」

廊下に平伏《へいふく》した者がいる。

「おお、民部《みんぶ》か」

関宿藩第六代藩主の神経質そうな顔に、喜色が浮かんだ。そこに来たのは、お気に入りの家臣なのである。

「参れ、さ、近《ちこ》う参れ」

「ははっ」

江戸留守居役・稲垣《いながき》民部は、主君の前に膝行《しっこう》する。

「聞いてくれ、民部。黒ずくめの曲者に下屋敷に侵入され、何人もの藩士が殺されてから二日もたつというのに、未《いま》だに、ただの一人も捕まえることも成敗することも出来ぬ。こんなことで、わしが江戸城《おしろ》に出仕できると思うか」

「御心中、お察し申し上げまする」

「何か、良い策はないか。下情にも通じた其《そ》の方《ほう》ならば、妙案があるのではないか」

「――いささか」

「あると申すかっ」

民部は、顔を上げて、

「小松六兵衛の代わりに、兵法指南役として推挙いたしたい人物がおります。浪人ではございますが」

「ほほう」大和守は興味深そうに、

「よし、会おう。すぐに呼ぶがいい」

「実は、すでに御庭の方に控えております」

民部が「これ」と声をかけると、小姓《こしょう》たちが中庭に面した障子を開いた。

沓脱石《くつぬぎいし》の向こうに、片膝をついた袴《はかま》姿の中年の武士がいる。

背こそ低いが、肩幅が広く樽のような逞しい軀つきから、鍛え抜かれた兵法者であることがわかる。脇差は左腰に帯びたままだが、大刀は腰から鞘ごと抜いて背中側にまわしていた。

「赤坂《あかさか》に道場を構えます犬丸夜九郎《いぬまるやくろう》――鬼念《きねん》流剣法の達人でございます」

夜九郎は無言で、静かに頭を下げた。

「この者なれば裏稼業の世界にも詳しく、当家との直接の関係もありませぬゆえ、例の黒行者どもの探索には適任かと」

「なるほどな」

頷いた大和守は、庭先の浪人剣客に向かって、

「夜九郎とやら、直答を許す。曲者どもを見つけだす自信はあるか」

「はっ」と犬丸夜九郎。

「わたくしなれば、町方と違って、表攻めだけではなく裏攻めも出来ますので」

「ははは、面白いことを言う。そうか、尋常ではない手段も用いると申すか。頼もしいな。見事に曲者どもを始末したら、兵法指南役として召し抱えてもよい。だが……腕の方は、どんなものかな」

「——殿」

稲垣民部は、意味ありげな表情で主君を見た。

「お試しになっては如何《いかが》」

「おう、そうだな」

大和守も、にやりと嗤《わら》って、

「苦しゅうない。まずは、こちらへ参れ」

「ははっ」

総髪の犬丸夜九郎は、腰を屈《かが》めたままで沓脱石に近づく。

そして、沓脱石に草履を脱いだその刹那《せつな》、縁の下から無言の気合とともに槍穂が突き出された。

が、夜九郎の動きは迅《はや》かった。

毒蛇の鎌首《かまくび》のように右手が閃《ひらめ》くと、突き出された槍の螻蛄首《けらくび》を切断している。

大刀を抜くところは、大和守にも民部にも見えなかった。吹っ飛んだ槍穂が、廊下の柱に突き刺さる。

さらに、夜九郎が大刀の切っ先を縁の下へ斜めに突き出すと、

「ぐ………っ」

そこから、鈍い呻き声が洩れた。腕試しのために縁の下に潜んでいた関宿藩士が、夜九郎に刺し貫かれたのだ。

「とぉぉぉっ！」

背後から、右八双に構えた藩士が夜九郎に迫る。袴の股立《ももだ》ちを取り、襷掛けをして、額に汗留めの鉢巻きまでした戦闘態勢だ。

犬丸夜九郎は大刀を抜き取ろうとした。が、貫かれた者の筋肉が収縮して、抜けない。

「むっ」

大刀の柄から手を放した夜九郎は、廊下に跳び上がった。そして、柱に突き刺さっていた槍穂を引き抜く。

振り向き様《ざま》に、庭から躍り上がった藩士の胸の真ん中に、その槍穂を繰り出した。

「げえっ」

肺腑《はいふ》を貫かれた藩士は、大刀を取り落として立ち尽くした。そいつの脇差を引き抜くと、夜九郎は、彼を庭へ蹴り落とす。

そして、天井目がけて脇差を手裏剣にして打った。

天井に深々と脇差が突き刺さる。一瞬、間を置いてから、めりめりと天井板が裂けて、これも戦闘態勢の藩士が、畳の上に落下する。

彼は、夜九郎が畳の上に平伏したら、真上から飛び降りて刺し貫く役目だったのだ。

袴の裾を払った犬丸夜九郎は、何事も無かったかのように、久世大和守の面前に平伏する。

「――御前に参りました」

「むむ……恐るべき手練者《てだれ》じゃ」

腰を浮かせていた大和守は、座り直して、

「二百石……いや、三百石で召し抱えよう。ただし、黒行者どもの始末が出来たらだがな」

夜九郎は、ぎらりと両眼を光らせる。

「誓って、その者どもの首をあげてみせまする」

4

「また——町奉行所が裁けぬ事件が起こったのか」

闇の中に端座した結城嵐四郎が言う。風よけの紙が巻かれた高脚燭台《しょくだい》の明かりが、彼の顔を照らし出していた。

そして、彼に相対して、これも燭台に照らされて、三つの猿面が並んでいる。

左の猿面は目の部分が大きく刳《く》り抜かれ、真ん中の猿面は口の部分が大きく開き、右の猿面は耳の孔が刳り抜かれていた。

つまりこれは、〈見猿・言わ猿・聞か猿〉の逆で、「悪事を見据えて、不正義を語って、弱き者の悲鳴を聞きとどける」という三人の固い決意を示しているのだ。

天正《てんしょう》年間に徳川家康が江戸に入国した時、樽屋、奈良屋《ならや》、喜多村《きたむら》、そして富士屋《ふじや》の四人を町年寄に任命して、江戸の行政に参加させた。富士屋は不始末があって、天明《てんめい》元年に取りつぶされたので、現在の町年寄は三人だけで、大町人とも呼ばれている。

町年寄は身分こそ町人だが、苗字帯刀を許され、将軍家に進物を献上して拝謁《はいえつ》することすら出来る。実際の格は、下手な武士より遥《はる》かに上であった。

彼らは、二万人の家主、二百数十名の町名主で構成された自治組織の頂点に立ち、南北町奉行所と町人社会とを繋ぐ役割で、町触《まちぶれ》の伝達や運上金の徴収などの行政事務の他に、司法や警察力の一部も担い、自ら町触が出せるほどであった。

売掛金の回収などの民事訴訟は、本来ならば町奉行所の管轄であるが、その前に町名主の調停により和解させていた。

それでも解決しない場合は、本式に町奉行所に訴えることになるわけだが、少しでも仕事を減らしたい町奉行所の黙認により、実際には町年寄が裁くことが多い。

が、そのような役割を負う町年寄たちは、自然と権力側の腐敗をも直視することになってしまう。

百万都市であり、実質上の日本の首都である江戸には、ありとあらゆる欲望と狂気と陰謀が渦を巻き、表沙汰にならない悪、決して表沙汰には出来ない巨悪が存在する。

そのことを憂《うれ》えた町年寄三人は、密かに、悪を見逃さず許さざる者――〈死番猿《しばんざる》〉を結成したのである。

結城嵐四郎は、この死番猿の依頼を受けて法の網から逃れている悪党を叩き斬る死刑執行人――闇目付なのだ。

「結城様――」

第三の猿面、奈良屋市右衛門《いちえもん》が言った。

「四日前の夜、深川で関宿藩の藩士たちと揉《も》めたそうでございますな」

「さすがに耳猿殿、早耳だな」

嵐四郎は苦笑せざるを得ない。

「いきなりやって来て、曲者の仲間かと俺に疑いをかけ、斬りかかってきた。他の者は峰打ちで済ませたが、あの小松某《なにがし》という兵法指南役だけは、そんな小技の通じる相手ではなかった……で、それが何か問題でも――」

「結城様。関宿藩下屋敷に侵入した三人の曲者たちがそこで何をしでかしたのか、ご存じでございますか」

第二の猿面――口猿が問う。喜多村彦右衛門《ひこえもん》である。

「さあな。盗人《ぬすっと》ではないのか」

「その逆でございまして。金品を盗むのではなく、庭に大変なものを置いてゆきました」

富士塚の頂上に残されていた全裸の娘の死骸のことを、口猿は説明する。

「下屋敷の中間《ちゅうげん》の博奕《ばくち》仲間で、行き倒れなどを葬《ほうむ》る本所の随春寺《ずいしゅんじ》の寺男が、夜明け前に呼び出されて、こっそりと不浄門から長持《ながもち》に詰めた娘の死骸を運び出し、内緒で寺の墓地に埋めたそうでございます。その寺男が、口止め料に貰《もら》った五両でしたたかに飲み、泥酔《でいすい》して喋った話が、わたくしたちの耳に入ったわけで。ちなみに、殺されたのは花川戸《はなかわど》の彫金師《ちょうきんし》の妹で、お久《ひさ》という十五娘でした」

「ふむ……」

嵐四郎は眉をひそめた。

奇怪な事件である。

殺された娘が、かつて下屋敷に奉公していた腰元か何かというのなら、黒行者どもの嫌がらせか意趣返しという理由で納得できるが、下屋敷の者たちは誰もお久を知らないという。

そうすると、わざわざ関宿藩と縁もゆかりもない十五歳の娘を庭の中で殺して、その死体を置き去りにした意味がわからない。

事件の意味も相手の意図もわからないから、関宿藩としては大名監視役である大目付に届け出ることを躊躇《ちゅうちょ》し、ついに事件そのものを握り潰《つぶ》したのであった。

「この関宿藩下屋敷の件だけでも十分に奇怪なのですが……」

耳猿は首を振るようにして、

「困ったことに、昨夜、また同じ事件が起きました」

「何だとっ」

「場所は目黒《めぐろ》で」

「目黒というと……まさか、また富士塚では」

「はい。目切坂《めきりざか》の上の目黒富士、その頂上に若い娘の亡骸《なきがら》が置き去りにされておりました。やはり、関宿藩下屋敷と同じように、胸を……」

耳猿は、ちらっと第一の猿面――眼猿の方を見てから、

「両刃の剣で、一突きにされて」

角行《かくぎょう》を開祖とする〈富士講《ふじこう》〉は、日本最高峰を誇る霊山・富士を信仰する宗教集団である。

十六世紀後半、行者の長谷川武邦《はせがわたけくに》は、富士の人穴《ひとあな》で千日立行を達成し、角行東覚《とうかく》を名乗った。そして、百六歳で亡くなるまでに、富士講の教義の原型を創った。

角行の死後、富士講は主に関東を中心に広まった。角行の教義をわかりやすく解いた六代目の食行《じきぎょう》身禄《みろく》が、享保《きょうほう》十八年に富士の七合五勺目の烏帽子《えぼし》岩で入定《にゅうじょう》すると、そのインパクトにより、さらに大いに興隆した。

その身禄の死後四十六年目の安永《あんえい》八年――弟子の高田藤四郎《たかだとうしろう》は富士講の信者たちの力を借

りて、戸塚《とつか》村に高さ十メートルほどの模造富士を造った。これが江戸の富士塚の第一号で、高田《たかだ》富士と呼ばれている。

富士講の信者にとって、富士山に詣《もう》でることが悲願だが、足弱な年寄りや子供、病人、それに女人には、不可能である。だから、江戸で富士登山の疑似体験が出来る施設を作ろうと、藤四郎は考えたのだった。

高田富士は九十九折《つづらお》りの登山道を備えて、麓に胎内洞、五合目には小御嶽社、七合五勺目に烏帽子岩を置き、五合目より上には甲州から運んだ黒い溶岩塊を積み上げるという凝《こ》ったものであった。

この高田富士は大評判となり、以後、それを模した富士塚があちこちに造られるようになった。前《さき》にも述べたように、深川の関宿藩下屋敷の中の富士塚も、その一つである。

そして、二十数カ所ある江戸の富士塚で、高田富士に次いで有名なのが、目黒富士なのであった。

文化《ぶんか》九年に造られた目黒富士は、本家の高田富士よりも大きい十二メートルの高さで、山頂には浅間《せんげん》神社が勧請《かんじょう》されていた。

今日の早朝に、その浅間神社の脇に真っ白な女体が倒れているのを、近所の老爺《ろうや》が発見したのだった。

目黒村は朱引きの外で、厳密には郡代官所の管轄なのだが、事後に承諾さえ取れば、江戸の岡《おか》っ引《ぴき》が捜査をすることが黙認されていた。早速、三田《みた》の伝次《でんじ》という老練な岡っ引が駆けつけ、乾分下《こぶんした》っ引《ぴき》どもを総動員して、事件を調べ始めた。

ほどなく、その死骸は、大久保《おおくぼ》の中百姓の長女で今年十七のお絹《きぬ》だとわかった。ホトケを見物に来た新粉《しんこ》細工売りの男が、お絹を見知っていたのである。

すぐに、お絹の両親が呼ばれて、二人は変わり果てた娘の亡骸《なきがら》を前にして泣き崩れた。

お絹は、昨夜、いつもと同じように自分の寝間《ねま》に休んだはずだが、朝には夜具の中から煙のように消えていたのだという。

彼女が誰かに恨まれる覚えもなく、仮に恨みを持った者がいたとしても、寝床からさらうだけならともかく、わざわざ目黒まで連れて来て、こんな猟奇的な殺し方をする理由がわからない。伝次の捜査は、暗礁《あんしょう》に乗り上げたのだった……。

「深川の富士塚と目黒富士の二件の殺しは同一の下手人の仕業で、単純な恨みや色恋沙汰《いろこいざた》が原因でないことはわかる。これが一人だけの犯行なら異常な嗜好《しこう》の気触れ者の仕業とも考えられるが、下手人は明らかに複数だから、これも違うな」

「さすがに結城様」と口猿。

「読みが深うございます。で、この下手人を捜し出して、いつものように破邪の剣を振るっていただきたいのですが」

二十五両の包みが四個載せてある三方《さんぽう》を、口猿が前に出す。

「──待ってくれ」

嵐四郎の声には、咎《とが》めるような響きがあった。

「これが奇怪で残忍な事件だということは、わかる。だが、まだ、最初の事件から四日目だ。町奉行所の方の探索がどうなるのかも不明だろう。迷宮入りしたわけでもないのに、俺に調べろというのは、いささか早計ではないのかね」

「……………」

耳猿と口猿は顔を見合わせて、眼猿の方を見た。

「結城様──」

今まで一言も発しなかった眼猿──樽屋籐左衛門は、口を開いた。

「ご不審は、ごもっとも。これには理由がございます」

錆《さ》びたような低い声である。

「目黒富士で殺されたお絹は……わたくしの実の娘でございました」

「……なるほど」嵐四郎は唸った。

「隠し子、か」

「はい。お恥ずかしい話ですが、十数年前、女房が血の道で寝こんだ時に、女中のお房《ふさ》という者に手をつけてしまい……孕《はら》んだとわかった時には、本人に因果を含めて、相応の持参金を付け、大久保へ嫁にやったわけです。無事に出産し、それが女の子だということは聞いておりました。しかし、表向きには一度も会ったことがありません」

「……」

「いえ、正直に申しましょう。一度だけ、お絹が十三になった時に、花園《はなぞの》神社の境内の茶店で、遠目に見たことがあります。そこへ連れて来てくれるようにと、お房に頼んだのです。可愛い……まことに、可愛い……娘でございました」

猿面の下の樽屋は、泣いているようであった。

「しかし、考えてみれば、死番猿の掟《おきて》を私事で破るというのは……」

「いや、引き受けよう」と嵐四郎。

「私利私欲のためでないことがわかればよいのだ」

「結城様……」

樽屋籐左衛門の声は震えていた。

「それに、時間がないしな」

「時間がないとおっしゃいますと？」

耳猿が問いただす。

「たぶん、明後日も犠牲者が出る」

「何ですとっ!?」

「そして――俺には、その場所も見当がつくのだ」

第三章　聖山教団《せいざんきょうだん》

1

庫裡《くり》から見える裏庭の池には蓮《はす》の花の群れが紅色に咲きほこり、その池の前で童女が鞠《まり》つきをしている。

切り下げ髪の顔は目も鼻も口も全てが小作りで、上品な容貌《ようぼう》をしていた。茜《あかね》色に染まりつつある空の下で、七宝《しっぽう》模様の袖を翻《ひるがえ》しながら無心に鞠をつく様は、一幅の画のようであった。

「お藤《ふじ》殿は、ようやく寺の暮らしに慣れたようです」

老いた尼僧《にそう》が、目を細めて童女の姿を眺めながら言った。明祥尼《みょうしょうに》という。この麻布《あざぶ》にある延徳寺《えんとくじ》の住職である。六月七日の午後であった。

「明祥尼様にはお世話になりっ放しで、お礼の申し上げようもございません」

そう言って頭を下げたのは、お凛である。島田髷《しまだまげ》に黄八丈《きはちじよう》の小袖、琥珀《こはく》地の厚板織りの帯という町娘姿だ。色の浅黒いのが唯一の欠点だが、なかなか清楚《せいそ》な娘っ振りである。

いつもの男装ではないのは、男子禁制の尼寺を訪ねるためであった。

「なんの。わたくしは、酷《むご》い宿命を——文字通り——背負ったお藤殿を、命賭けで救おうとする結城様とお凛さんの尊い心に打たれて、お藤殿をお預かりしただけです」

老尼僧は口元の皺《しわ》を深めて、微笑した。

お藤殿と呼ばれている童女——実は、金沢《かなざわ》藩主・前田斉泰《まえだなりやす》の妹・藤姫である。

昨年の晩夏、江戸の暗黒街で残虐な観世物を企画する闇のイベント・プランナーの不動《ふどう》という浪人者が、本所《ほんじよ》の竜眼寺《りゆうげんじ》に萩を観に来た藤姫を誘拐《ゆうかい》した。

妹の小夜《さよ》を輪姦《りんかん》ショウで殺された結城嵐四郎は、仇敵《かたき》である不動を追って、賞金稼ぎの大神の今日次とともに信濃国松代《しなののくにまつしろ》藩領の地獄谷《じごくだに》の温泉場に行き着いた。

不動もまた、金沢藩の政争で実の弟を拷問《ごうもん》で殺され、その復讐《ふくしゆう》を誓った男であった。

現藩主の妹が、公儀《こうぎ》に無断で江戸から抜け出して遠く信濃まで来たと知れれば、仙台《せんだい》藩や薩摩《さつま》藩と並ぶ外様《とざま》の雄・金沢藩も無事ではすむまい。最悪の場合、取り潰しになるであろう。

それが、狂気の復讐者・不動の狙いであった。

妹の仇《あだ》というだけではなく、幼い少女を復讐の道具にする不動の遣《や》り口《くち》は、嵐四郎にとって絶対に許せないものであった。

死闘の末、ようやく不動を倒した嵐四郎は、廃屋《はいおく》と化した湯宿の中で薬で眠らされている藤姫を発見した。これで密《ひそ》かに江戸まで送り届ければ、この童女も救われる——と嵐四郎が安堵《あんど》した時、不動の最後の仕掛けが発覚した。

藤姫の背中には、十字架が筋彫《すじぼ》りされていたのである。

キリスト教は邪宗門と呼ばれ、徳川幕府における最大の禁止事項だ。

藤姫が本物の切支丹《キリシタン》かどうかは、問題ではない。百万石の太守の妹の背中に十字架が描かれているということ自体が、すでに金沢藩にとって破滅的なのである。

さすがの闇目付・嵐四郎も愕然とした時、その湯宿を取り囲んだ鶯《うぐいす》色の忍び装束の一団があった。

飛騨《ひだ》忍群の流れをくむという忍者集団〈金沢以呂波《いろは》衆〉である。金沢藩取り潰しの工作のために侵入しようとした公儀の伊賀《いが》組、甲賀《こうが》組の忍者同心たちを、悉《ことごと》く撃退した猛者《もさ》だ。

すでに金沢藩は、藤姫を切り捨てていた。彼女を救うよりも先に、病死の届けを公儀に出していたのだ。

あとは、背中に十字架を背負った名も知れぬ童女を闇に葬れば全ては終わる……。

復讐鬼人の不動よりも、金沢藩上層部の方が、さらに冷血の外道《げどう》だったのだ。弱い者を踏みつけにして自分たちだけが生き延びようとする外道は許さぬ——それが闇目付として生きる嵐四郎の矜持《きようじ》である。

藤姫を今日次に託して、嵐四郎は以呂波衆の群れに斬りこんだ。三十四人の忍び者を倒し終えた時、嵐四郎もまた全身に手傷を負っていた。

上州の温泉で療養した嵐四郎が、駆けつけたお凜と一緒に藤姫を連れて江戸へ戻るまでに、三度、以呂波衆の襲撃があった。

しかし、絶体絶命の死地を脱した嵐四郎の剣技は、それまで以上に冴《さ》え渡り、金沢藩の闇兵どもを斬りまくって、藤姫に一指も触れさせせぬ。

幼いながらも、自分が前田家から捨てられたことを理解した藤姫は、嵐四郎とお凜のことを兄とも姉とも慕《した》っていた。二人も、藤姫に対して同情以上のものを感じるようになった。

ついに、内藤新宿《ないとうしんじゆく》の手前で、金沢藩から和睦《わぼく》の使者が来た。嵐四郎が藤姫のことを表沙汰にしなければ、命をつけ狙うのは止《や》める——というものであった。

嵐四郎としては、実の妹を抹殺《まつさつ》しようとした卑劣極まる前田斉泰を叩っ斬りたいところであったが、それを成し遂げたとしても、その後、藤姫とお凜の命はないだろうことは、わかっている。

だから、不服ながら、その条件を呑《の》まざるを得なかった。

こうして暗殺の魔手を逃れた藤姫であったが、だからといって、嵐四郎たちと町場《まちば》で暮らすわけにはいかない。

近所の子供と遊んでいる最中に、何かの拍子で背中の十字架を見られたら、命はないのだ。

それゆえ、樽屋籐左衛門の紹介で、この延徳寺に藤姫を預けたのである。

住職の明祥尼は、十代将軍家治《いえはる》の遠縁にあたる人物なので、行き倒れになった浪人の娘を引き取ったといえば、寺社奉行から詰問《きつもん》される懸念も少ない。

そういうわけで、明祥尼と若い尼僧の浄永尼《じようえいに》に世話されて、藤姫は平穏な日々を送っているのだった。その小さな胸に、肉親からも家臣からも捨てられた寂しさを押し隠して……。

「ですが」明祥尼は表情を曇らせた。

「やはり、お藤殿も将来は……仏門に入るしかありますまい」

「左様でございます」

お凜も、溜息をついた。

一度入れてしまった彫物を消す方法はなく、目立たなくする手は二つだけだ。

一つは、その周囲に別の彫物を入れて、元の彫物の形をわからなくすること。

もう一つは、熱湯か焼け火箸で図柄がわからぬ程度に火傷《やけど》を負うというものだ。

どちらの方法をとっても藤姫にとっては苦痛だが、背中に立派な彫物を背負ったら、尼僧にも堅気《かたぎ》の妻にもなれない。なるべく小さな火傷で十字架を消して、尼僧になるしかあるまい。

嵐四郎が死番猿に呼び出された後に、近所の後家が縫い上がった藤姫の七宝模様の着物を持ってきた。それで、お凜は娘姿になって、嵐四郎には書き置きを残し、この延徳寺へ着物を届けに着たのだった。

「お凜姉様っ」

藤姫が、庭からお凜を呼んだ。

「姉様も一緒に、鞠つきをいたしましょう。早く」

「はいはい、お藤様。今、参りますよ」

ことさら明るく返事をしたお凜は、明祥尼に挨拶《あいさつ》してから立ち上がった。

2

「死んじまっても誰も悲しまない奴ってのが世の中にいるもんですが、こいつなんか、まさにそうですよ」

「馬鹿野郎。ホトケの前だぞ、口を慎《つつし》め」

苦笑しながらそう言ったのは、三田の伝次という半白髪《しらが》の岡っ引である。

「へい、すいません」

ぺこりと形だけ頭を下げてみせたのは、伝次の乾分の条松《くめまつ》だ。

二人の前には、半開きの口から反《そ》った歯が突き出した三十男が、手足を勝手な方向へ投げ出して俯《うつぶ》せに倒れている。背中に三カ所、刺し傷があり、軀の下に血溜まりが出来ていた。

場所は芝口《しばぐち》の南、幸橋《さいわいばし》の袂《たもと》にある火除地《ひよけち》の中だ。久保町《くぼちよう》ケ原《がはら》と呼ばれている。周辺には、岡場所が蝟集《いしゆう》していた。

その久保町ケ原の雑草の中、通りからほんの二間半ばかり入ったところだ。

もう薄暗くなりかけているというのに、よほど暇な連中が多いのか、通りから火除地の中にまで大勢の野次馬が群がり、押し合いへし合いしている。

「安《やす》といったかなあ、こいつ」

「へい。安三《やすぞう》というのが本名ですが、みんな鉋《かんな》の安と呼んでました」

「歯が出てるから、鉋の安か。ずいぶんと詰まらねえ渡世名《ふたつな》だな」

「博奕と喧嘩《けんか》は言うに及ばす、娘っ子にちょっかいだすわ、押し借りはするわ、故買屋《こばいや》の手先みてえなことはするわ、町内の鼻つまみ者でさあ」

吐き捨てるように言う条松だ。片膝立ちの伝次は、死骸を丹念に調べながら、

「この火除地に誘いこんで、後ろから匕首《あいくち》で突いてる。小悪党のくせに相手に背中を向けたんだから、顔見知りだな。力まかせに三度も深々と刺してるから、下手人は女じゃねえ、男だ」

「女だったら、渾身《こんしん》の力で一度だけ刺して、刃物をホトケに突き立てたまま、逃げ出すでしょうからね」

「うむ。男で、しかも深い恨みのある奴だろう。安は相手を舐めてたようだから、ごろつきじゃなくて、堅気のような気がする」

所持金はほとんど無いが、下手人に奪われたのではなく、最初から持っていなかったのだろう。

「ホトケの軀や血の固まり具合からして、殺られたのは二刻《ふたとき》くらい前かな」

四半刻——三十分ほど前に、野良犬がしきりに吠えたてるので、通りかかった飴屋《あめや》が覗きこみ、死骸を発見したのである。

その時、近くの自身番で出がらしの茶をすすりながら油を売っていたのが条松だ。さっそく、親分の伝次に使いを飛ばして、野次馬や他の岡っ引に荒らされないように、自分は現場を確保したというわけだ。

「いつもながら、見てきたような明快な天眼通《てんげんつう》ですね」

「馬鹿。誉《ほ》めたって何も出ねえ。それに、あの目黒富士のホトケには、おめえの言う天眼通もからっきしだったじゃねえか」

苦い顔をして立ち上がる伝次だ。

「下手人は返り血を浴びてるはずだから、誰か見た者がいるだろう。それから、安に恨みを持つ奴が誰か、下っ引たちに聞きこみをさせるんだ。言うまでもねえが、岡場所に安の馴染《なじ》みの妓《おんな》がいないかどうか、ちゃんと調べるんだぞ。俺は八丁堀《はっちょうぼり》の旦那に、この事件のことを報告しなきゃならねえ」

「へい、合点承知っ」

張り切って胸を叩いた粂松が、ふと、首をひねって、

「あれ……妙だな」

「どうした、粂」

「ない。ないんですよ、親分」

粂松は、ホトケの前にしゃがみこんだ。

「何がねえんだ、富くじでも落としたか。それとも質札か」

「冗談じゃねえ、違いますよ。ホトケの彫物ですよ。安は、左腕の肘《ひじ》の上……ここ、ここん

とこに般若《はんにゃ》の彫物をしてたんです」

「何だとっ」

伝次の目の色が変わった。野次馬たちの方へ振り向いて、

「誰か提灯《ちょうちん》を貸してくれ…お、それでいい、借りるぜっ」

傘屋《かさや》の店名が入った提灯を手にすると、伝次は、死骸の左側にしゃがみこむ。

「押し借りなんかする時に凄みをきかせたいからって、安は、腕まくりすると見えるここに、小判くらいの大きさの般若面の筋彫りを入れてたんです。背中一面に彫物を入れるほどの金も度胸も根性もなかったんでね」

「むむ……たしかに何もないな。白粉《おしろい》を塗って隠してるわけでもねえ。すると、こいつは鉋の安に瓜《うり》二つの他人てわけか」

「いえいえ、この薄っぺらくなった単衣《ひとえ》には見覚えがあるし、第一、これほど見事な出歯は、六十余州を探し回っても二人といませんよ。鉋の安、安三に間違いありません」

「じゃあ何か。おめえは、安が――彫物をきれいに消しちまったとでもいうのか、そんな馬鹿なことがあってたまるかっ」

伝次は血相を変えて目を剝いた。

写真も指紋鑑定も存在しないこの時代では、前科者を容易に判別するシステムとして、罪

人の肉体に入墨《いれずみ》を施した。

たとえば、窃盗《せっとう》の場合は、左肘の下に二本線を引く。佐渡《さど》金山送りの無宿者は、左肘の上にサの字。堺《さかい》では、右肘の下にぐるりと一本線。筑前《ちくぜん》では、眉間の上に×を入れた。

背中や腕に派手な絵柄を入れるのは彫物といって、刑罰としての入墨とは異なる。

ただ、針で皮膚の下に墨を入れるという方法は原則として同じだから、もしも彫物が自由に消せるのなら、前科者の印である入墨も簡単に消せるはずであった。

町奉行所の犯罪対策の根幹に関わる事態だから、岡っ引である伝次が、ほとんど逆上しかかったのも無理はない。

「馬鹿なと言っても、親分。現に、このホトケが…わっ⁉」

「きゃあっ」

粂松は、後ろから柔らかい女体にのしかかられて、だらしなく蛙《かえる》みたいに潰れた。

「ごめんなさい、親分。後ろの人が急に押すから……ひっ、冷たい！」

立ち上がろうとした町娘は、安の左腕に触れてしまい、あわてて手を引っこめる。

「大丈夫かい、娘さん」

伝次は、黄八丈の小袖を着た娘を助け起こしてやった。肌こそ浅黒いものの、ほっそりとして清純そうな顔立ちの可愛《かわい》い娘である。

「あら。申し訳ありません、親分。わたし、羞《はず》かしいわ」

「おめえさんみたいな若い堅気の娘が、ホトケ見物なんかしちゃいけねえ。早く家へ帰んな。何だったら、この野郎に送らせようか」

「ご親切にありがとうございます。でも、家は幸橋の向こうで、すぐですから」

「そうか。気をつけてな」

「はい。失礼いたします」

丁寧にお辞儀をして、娘は野次馬の間に消える。それを見送ってから、伝次は、まだ地べたに這い蹲ったままの乾分を、怒鳴りつけた。

「いつまでそうやってるつもりだ、粂っ」

「俺ァ土の中から蚯蚓《みみず》を掘り出せと言ったんじゃねえっ、安三殺しの下手人を探すんだよ！」

何気ない様子で幸橋を渡り、ちらりと久保町ケ原の方を振り返ったお凜の目は、興奮に燃え上がっていた。

(あいつは鉋の安に間違いない。以前に、裏買い人の吉右衛門《きちえもん》の使いっ走りをやってるのを見たことがある)

裏買い人とは盗品を買い取る故買屋のことで、盗人である幻小僧凜之助の取引相手だ。

（たしかに、安の左肘の上に般若の彫物があった。それが今、無くなっているということは……）

お凜は、立ち上がる時に偶然のふりをして、安の左腕に触れてみた。彫物があったはずの部分は、他の部分と違って、何か肌にざらりとしたような感触があった。

彫物を消した痕跡《こんせき》ではなかろうか。

（それがどんな方法なのか、見当もつかないけど、彫物を消してしまう術があるんだ。そして、その術師は江戸にいる。何とかして、そいつを捜し出せば……お藤様の背中の十字架も消せるかも知れないっ！）

夢のような事実に、お凜の胸は祭りの櫓太鼓《やぐらだいこ》のように激しく高鳴っていた。興奮のあまり、知らず知らずのうちに歩幅が広がる。

綺麗な町娘が男のように大股で歩いてるのを見て、通りすがりのどこかの丁稚《でっち》小僧が目を丸くした……。

3

堀部安兵衛《ほりべやすべえ》の仇討ちで有名な高田馬場《たかだのばば》、その南にあるのが高田八幡宮《はちまんぐう》だ。江戸っ子には穴八幡と呼ばれている。

昔、良昌《りようしよう》という僧が庵《いおり》を結ぶために山裾を切り開いていたら、不思議な穴にぶつかり、その中に高さ三寸ほどの阿弥陀《あみだ》像があるのを発見した——というのが、この奇妙な俗称の由来である。

高田馬場へと続く道を隔てて、その穴八幡の反対側にあるのが、戸塚村の産土神《うぶすながみ》である高田稲荷《いなり》明神《みようじん》。

稲荷宮の前にある榎《えのき》の虚穴《うろ》から流れ出す霊水が眼疾《がんしつ》に効くというので、水稲荷とも呼ばれていた。

さて、神仏混淆《こんこう》の富士講の開祖・角行は、人穴の中で四寸五分角の角木の上に立ち続ける千日立行や五千日勤行《ごんぎよう》など、様々な苦行を重ねた。

そして、御富世貴《おふせぎ》という呪符《じゆふ》によって悪疫《あくえき》に苦しむ江戸庶民を救い、弟子たちに御神語《ごしんご》という創作漢字による題目を残して、百六歳の大往生を遂げたが、その教義は難解であった。

それを「士農工商　即ちその業《わざ》懈怠《けたい》なくつとめる時　今日より明日　貴き自在の身にて生れ増こと分明なり」「たとえ貧しき身なりとも　志誠をもってつくさば　神仏捨て玉《たま》はず」というように、誰にでもわかる普遍的な道徳の形で解いたのが、富士講中興の祖・身禄である。

また、一般的には女性の身分が男性よりも低く見られ、とりわけ〈月水の穢《けが》れ〉が問題視されていた。

ところが身禄は「女とて善を勤めば善也　男とて悪をなさば悪也」と主張し、月水についても「人生《ひとしょう》ぜんために与え玉《たま》ふ水なれば　花水と御名付け　かつて忌み玉わず　かへつて清浄の水なり」と述べるなど、江戸時代中期の人としては驚くほど柔軟な平等思想を唱えている。

このように平易で穏やかな教義を得て富士講は爆発的に普及し、江戸の信者集団の数は八百八講といわれるほどになった。

その身禄の弟子の日行《にちぎょう》こと高田藤四郎の稼業は、植木屋であった。

藤四郎が己《おの》れの技術を活かし、足弱な者や女人でも富士詣《もう》でが出来るように、また、恩師の威徳を諸人に伝えんとして、富士講信徒の協力を得て造り上げたのが、高田稲荷の稲荷宮の裏手にある高さ十メートルの富士塚である。

藤四郎はこれを〈東身禄《あずまみろく》山〉と名付けたが、一般には高田富士と呼ばれていることは、前《さき》にも述べた通りだ。

なお、仙元大菩薩は〈浅間大菩薩〉のことであり、神仏混淆思想の中では木花開耶《このはなさくや》姫命《ひめのみこと》と同一であると考えられていた。したがって、富士山本宮浅間大社《ふじさんほんぐうせんげんたいしゃ》の主祭神は、浅間大神《あさまのおおかみ》と木花開耶姫命になっている。

久保町ケ原で鉋の安が殺された日の深夜——草木も眠る丑三つ刻《うしみどき》、すなわち午前二時過ぎの高田稲荷の境内には無論、人けはない。

時折、夜鴉《よがらす》が思い出したように不吉な鳴き声を上げているだけであった。

と、夜の闇の中から生まれたように、いつの間にか三つの影法師が高田富士の麓に立っていた。

深川の下屋敷で、関宿藩士を殺戮《さつりく》した黒行者の三人である。

今夜もまた、先頭の者が白い布に包んだ剣を抱え、真ん中の者が粗筵にくるんだ全裸の娘を担いでいた。

雲間から洩れる七日月の光に照らされて、三人は無言で、九十九折りの登山道を音もなく登ってゆく。

そして、頂上に達すると、敷きつめられた黒砕《こくぼく》と呼ばれる真っ黒な溶岩塊の上に、粗筵の中の娘を横たえる。

その娘の恥毛は、秘裂を帯状に飾っていた。右の乳輪近くの黒子《ほくろ》が、エロティックである。

巣鴨《すがも》の畳屋の十八歳の娘で、お春《はる》という。男知らずの処女であることは、抜かりなく、黒行者の一人が己れの指で確かめていた……。

長鍛頭巾をかぶった三つの影法師が、意識のない娘を取り囲み、

「いよいよだな」

しんがりを務めていた三人目の黒行者が言う。

「うむ。今宵《こよい》こそ第三の夜、第三の富士塚、そして第三の乙女の血が流れるのじゃ」

お春を担いでいた二人目の黒行者が、頷いた。

「江戸にまでやって来た我らの使命が、ついに果たせる夜よ」

先頭にいた一人目の黒行者が言った。白布を開いて、古びた両刃の長剣の鞘を払う。

その娘は、清らかな裸体を月の光にさらけ出して、何も知らずに昏々《こんこん》と眠っている。

一人目の黒行者は、両手で下向きに長剣を構えて、

「お春よ、尊い生贄となることを誇りに思うがよい。南無、不二仙元大菩薩」

高く、高く掲げた。

「ま、待てっ」

三人目の黒行者が、あわてたように叫ぶ。

「どうした」

「四人…我らが四人おるぞ！」

愕然として黒行者どもが見回すと、第四の影法師が二人目と三人目の間に立っている。

「何者じゃっ」

三人は、さっと一間ばかり跳び下がって、誰何《すいか》した。

第四の影法師は、雲の切れ間から洩れる細い月光の下に、うっそりと身を置く。

「――闇目付、結城嵐四郎」

着流しに袖無し羽織という姿の嵐四郎は、不敵に微笑《ほほえ》む。

「なぜ、ここにっ」

「我らが来るのを、知っておったのかっ」

黒行者が口々に叫ぶ。

「第一夜の事件が深川の富士塚、その三日後の夜の事件が目黒富士……となれば、そのまた三日後の夜の現場が高田富士と推理するは、たやすいことだ」

こともなげに、嵐四郎は言う。

「高田富士こそ、江戸における最初の富士塚であるし、深川・目黒・高田を結ぶと、ちょうど縦長の三角形となる。貴様らは、富士塚がらみの何か呪術的な目的で、生娘を惨殺しているのだろう」

「ならば、どうだというのだっ」

「俺は闇目付――闇目付とは、何の罪科《つみとが》もない娘を惨殺するような悪鬼外道を決して許さぬ者と知れ」

「此奴《こやつ》め、聖山教団に刃向かう気かっ」

「仙元大菩薩の祟《たた》りを怖れぬのかっ」

「我らの尊い使命を邪魔する者は、輪廻《りんね》転生《てんしょう》の輪から外れて未来永劫《えいごう》、地獄の底で苦しむことになろうぞっ」


怒声をあげる黒行者たちだ。

「聖山教団……貴様ら、やはり富士講に関わる者か」

「たわけ」

三人目の黒行者が、懐に右手を入れながら、

「今の世に富士講を名乗る者、ことごとく邪教信徒、似非《えせ》信徒よ。星道《せいどう》様の開かれた聖山教団こそが、最も正しく角行尊師の教義を受け継ぐ者だっ」

「浅草《あさくさ》の奥山では、売り出しの口上が派手なものほど擬《まが》い物というがな」

嵐四郎は、せせら嗤《わら》う。

「その聖山教団とやらが、罪なき命を三つまでも奪って果たそうとする使命とは何か、聞かせてもらおう」

「ふ、ふふふ……」

一人目の黒行者が、長剣を構え直して、

「死にゆく者が何を知っても、無駄であろうがっ！」

次の瞬間、二人目と三人目の黒行者が空中に跳び上がった。二人目の肩を蹴って、三人目がさらに高く跳躍する。

そして、二人は、両手で何かを嵐四郎に投げつけた。

「むっ」

嵐四郎は、大刀の峰でそれを弾き落とす。火打ち石を使ったように、細かい火花が飛んだ。

黒砂の上に落ちたものを見る暇は彼にはないが、それは長さ一寸ほどの三角錐《すい》の鉄礫《てつつぶて》であった。

底辺が正三角で、そこから二等辺三角形が三面を成し、先端が鋭く尖っている。重量があるから、人間に命中すれば、その肉を貫き、骨を砕くであろう。

空中から三角礫を打った二人が着地するよりも早く、地を滑るように間合を詰めて来たのは、一人目の黒行者であった。

その長剣の先端で、仰向けに倒れたままの十八娘の心の臓を貫こうとする。

二人の鉄礫打ちは、嵐四郎の注意をそらすためのフェイントだったのだ。この期《ご》に及んでもまだ、嵐四郎を倒すよりも先にお春を殺そうとする執拗《しつよう》さが、不可解であった。

耳を射抜《いぬ》くような甲高い金属音とともに、一人目の黒行者の長剣は跳ね上げられる。その時には、二人の黒行者が嵐四郎の前に着地していた。二人の右手には、斧《おの》のような掌刃が握られている。

三人目の黒行者の掌刃が、嵐四郎の首筋を襲う。そいつを大刀で下から弾き返した嵐四郎は、二人目の黒行者が攻撃してくるよりも早く、反転させた大刀を振り下ろした。

二人目の黒行者は、鎖籠手を装着した左腕を上げて、嵐四郎の刃を受け止めようとした。受け止めるのと連動して、右手の掌刃で斬りつければ、相手は防ぎようがない。

が――嵐四郎の大刀は、鎖籠手ごとそいつの左腕を、あっさりと切断した。さらに左肩へ喰いこみ、そのまま袈裟がけに右脇腹まで斬り裂く。

斜めに切断された上体が、後ろへ落ちた。切断面から、内臓と血が音を立てて高田富士の山頂に落ちる。それから、下半身が後ろへ倒れた。

それを目の隅に見ながら、嵐四郎はお春の脇に片膝をつくと、肩叩きのように左の拳《こぶし》の底で、娘の胸の真ん中を叩く。

「ぐっ」

気を失っている人間の背中に膝頭を当てて活を入れる――などという手間暇のかかることをしている余裕はない。

心の臓に衝撃を与える荒療治のおかげで、お春は目を覚ました。

「あ…あたし……きゃっ」

自分が全裸なのに気づいて、あわてて両手で乳房と下腹部を隠した。

「馬鹿者っ」

嵐四郎は無理矢理、娘を引き起こした。黒行者の切断死体が目に入ったお春は、けたたましい悲鳴を上げる。

「お春、死にたくなければ逃げろ！」

麓の方へ、お春の背中を突き飛ばす。

「ひいっ」

何が何だかわからないまま、恐怖にかられて娘は駆けだした。

その後を追おうとした黒行者たちの前に、さっと嵐四郎が廻りこんで、

「遅いっ」

片手薙ぎの刃が、三人目の黒行者の頸部へ向かう。

左腕で防御する余裕もなかった。水平に走った大刀が、ぴたりと空中で停止した時、頭は前のめりに落ちる。

自分の首を両腕で受け止めるようにして、そいつは地面に膝をついた。頸部の切断面から、

ぴゅっぴゅっ……と赤い霧のように血潮が噴き出す。

それから、ゆっくりと上体が前に倒れた。周囲に降った血は、黒砕と黒砕の間に染みこんでゆく。

「き、貴様……」

長剣を構えた一人目の黒行者が、歯噛みする。

「噂に聞いたことがある……どこかの大大名の子飼いの忍者集団を、たった一人で壊滅させた兵法者がいると……嵐四郎！　貴様がその男かっ」

「お前が先ほど言った……」

静かに間合を詰めながら、嵐四郎が言う。

「死にゆく者が何を知っても無駄であろう――と、な」

「くぅっ」

最後の黒行者は、長鎹頭巾のスリットの奥の眼に絶望的な光を宿して、長剣を振り上げた。

が、その刹那《せつな》、

「ひいァあ……っ⁉」

高田富士の斜面を半ばまで下りたお春が、なぜか、奇妙な叫びを上げてその場で立ち尽くした。

十八娘の白い内腿を、赤いものが流れている。極限状態に置かれたショックで、月のものが始まってしまったのだろう。

足下の黒砂が、その経血で濡れている。その黒砂の隙間から、月光のような光が洩れて、お春の軀を照らし出していた。そんなところに、如何《いか》なる光源も存在するはずがないのに。

「変…変よ……お侍様っ」

振り向いたお春は、女の部分を隠すことも忘れて、嵐四郎の方へ手を伸ばした。

「熱い、熱いの……あたしの軀が…」

4

次の瞬間、お春の目から――いや、違う。お春の両眼と鼻孔と左右の耳孔と口から、真っ赤な炎が噴き出したのである。

ごぉぉぉぉ……という腸《はらわた》を揺すぶるような響きは、高熱の炎が空気を裂いている音なのか、それともお春の最期の叫びなのか。

またたくまに裸の娘の全身が炎につつまれ、燃えさかる人間松明《たいまつ》となり斜面を転げ落ちてゆく。

「お春！」

嵐四郎の叫びは、血を吐くようであった。

「おお、あったぞっ」

生き返ったように精気を取り戻した黒行者が、野の獣のように斜面を駆け下りる。

「そうか、経血が…女の血が滴《したた》り落ちて、それで復活を……ははっ、これだっ」

お春が立ち竦《すく》んだ場所を掘り返すと、蹴鞠《けまり》ほどの大きさの黒砎を掴《つか》み出した。

その黒砎の表面には幾《いく》つもの亀裂が走り、そこから眩《まばゆ》いほどの青白い光が四方八方へと洩れている。

蠟燭《ろうそく》でも油でも、考えられる如何なる燃料でも、このような強烈な光を発することはない。

「これぞ、我らの探し求めた聖石じゃあ！」

歓喜に溢《あふ》れた叫びを上げた黒行者は、

「この黄星《こうせい》の死《し》に様《ざま》を見てくれ、朱星《しゅせい》っ」

そう叫ぶと、麓の方へその聖石を投げつけた。そして、くるりと振り向いて長剣を構える。

憤怒《ふんぬ》の形相《ぎようそう》で駆け下りて来た嵐四郎は、すでに指呼《しこ》の距離に迫っていた。

何の駆け引きもなく、黒行者は長剣を振りかぶる。それが振り下ろされるよりも早く、嵐四郎の怒りの大刀が、彼の頭頂部から股間までを真っ二つに断ち割っていた。

「星心《せいしん》…様……」

最後に呟くように言うと、その頭部が左右に割れる。左半身と右半身が扇を開くように倒れて、周囲に血と内臓液と未消化物の悪臭が広がった。

血振《ちぶり》した嵐四郎は、懐紙で刀身を拭うと納刀する。

そして、登山道を使わずに斜面を駆け下りた。黒行者の投げた聖石が地面に落ちる音はしなかった。朱星と呼ばれた黒行者の仲間が受け止めたのだろう。

稲荷宮の後ろまで下りた嵐四郎は、そこに、ちろちろと燃え残っているお春の死骸を見つけた。

信じられないことに、残っているのは骨の欠片《かけら》と一摑みほどの灰だけであった。恐ろしいほどの高熱で、短時間のうちに肉体が焼き尽くされたのであろう。

「馬鹿な……」

歯の間から押し出すように言った嵐四郎は、きっと稲荷宮の屋根を見上げて、

「そこかっ」

大刀の鞘から抜いた小柄《こづか》を、手裏剣に打つ。

「っ！」

平蜘蛛《ひらぐも》のように屋根に貼りついて、嵐四郎をやり過ごそうとした奴が、声にならぬ呻きを

発した。それでも、怪猫《かいびょう》のように素早く屋根を駆け上がって、向こう側へ逃れる。

嵐四郎は、稲荷宮の建物を廻って、霊木榎の方へ出た。

「む……」

そこに、袴姿の兵法者が立っていた。背こそ低いが、全身から闘気が溢れだしている。

彼の背後に、六、七人の陪臣《またもの》らしい武士がいた。

「どけっ」

稲荷宮の屋根から榎の幹へ、そこから別の木へと飛び移ってゆく黒行者の姿を目にとらえながら、嵐四郎は言う。境内の地面に血の跡がついてゆく。

「どけぬな」

兵法者が、にたりと嗤った。鱶《ふか》のような残忍な嗤いであった。

「——相手は手負いだっ」

嵐四郎から視線を動かさぬまま、これは背後の武士たちに言った。

「お主らでも、どうにかできよう。決して逃《のが》すなよっ」

「お、おうっ」

「承知つかまつったっ」

武士たちは、朱星という黒行者のあとを、どたばたと追う。

「あれは、関宿藩の者たちか」

嵐四郎の問いに、兵法者は嬉《うれ》しそうに目を細めて、

「仰《おお》せの通り、あの役立たずどもは関宿藩の藩士よ。そして、わしは犬丸夜九郎という」

「赤坂にある鬼念流道場の主《あるじ》が、そんな名前だと聞いたことがある。江戸でも五指に入る達人とか」

「ほほう、これはかたじけない」

夜九郎は、ますます嬉しそうな顔になり、

「で、貴殿の姓名は」

「結城、嵐四郎──」

「結城殿と申されるか。わしも聞いたことがあるぞ。江戸の裏稼業の世界に、怖ろしく腕の立つ美男の浪人がいる……とな」

「………」

嵐四郎は、じっと相手を見据えた。敗《ま》ける気はしないが、かといって勝てる気もしない。ほぼ互角に見える。だが、互角と思う時には、自分より相手の方が一枚上──というのが、兵法に生きる者の常識である。

「わしは三代前からの浪人で、素読《そどく》だの傘張りだのまでして生き延びる気はしないが、町道

場の主というのも所詮《しょせん》は客商売。弟子のご機嫌とりみたいな真似をしないと、立ちゆかん。そろそろ、ここらで宮仕えの身分になりたいのだ」

「………」

「が、関宿藩兵法指南役の座におさまるには、下屋敷を荒らした黒行者どもを成敗せよというのが馬鹿殿様の出した条件でな」

「ところが、こちらも黒行者を斬らねばならぬ理由がある」

死番猿からの依頼だけではない。嵐四郎の胸の中には、どす黒い激怒が膨れ上がっていた。自分自身に対して、怒っていた。

お春に逃げろと言わなければ、自分の背後に置いて守ってやれば、あの娘は無惨極まる最期を迎えずに済んだのだ……。

「どちらも譲れぬ者同士が鉢合わせしたからには、これはもう――」

夜九郎は、すらりと大刀を抜いた。

「立合うしかあるまいな」

嵐四郎もまた、無言で抜刀する。

二人は、三間ほどの距離をおいて対峙した。

嵐四郎は地摺《じず》り下段、夜九郎は上段に構える。稲荷宮の前に濃厚な闘気が流れてゆく。

長い時間をかけて、夜九郎の上段が徐々に下りて、中段に変化した。

それに合わせるように、嵐四郎の下段も、そろそろと持ち上がって中段に変った。

中段と中段、その切っ先が、ぴたりと相手の喉元を指す。

その間に、両者の距離は二間に縮まっていた。

ややあって——いきなり、夜九郎が一気に飛びこんだ。

刀と刀が激しく撃ち合う音がして、素早く二人は三間の距離に戻る。

夜九郎の小袖の前が三寸ほど斜めに斬り裂かれていた。嵐四郎は、無傷だ。

「ちっ、一張羅《いっちょうら》なのに……」

眉をひそめた夜九郎は、納刀して、

「貴殿は思ったより強いな。この勝負は預けるっ」

そう言うが早いか、身を翻して、だっと駆け出す。逃げるのも兵法の内で、韋駄天《いだてん》のような速さだ。

嵐四郎は溜息をついて、大刀を鞘に納めた。今更、朱星のあとを追っても無駄だろう。

高田富士の麓へ戻ると、お春の火は消えていた。

灰の中から、小さな骨の欠片《かけら》を取り出す。まだ、火傷しそうなほど熱い。

が、嵐四郎は、その遺骨を力いっぱい握りしめて、

「仇敵《かたき》は……この仇敵は、必ず俺が討ってやるぞっ」

まだ正体のわからぬ敵の姿がそこにあるかのように虚空《こくう》を睨《にら》みつけて、結城嵐四郎は十八娘の霊に誓うのであった。

第四章　秘技・羽衣《はごろも》彫《ぼ》り

1

箱枕を抱いて褥《しとね》に俯せになっている女は、二十一、二と見える。無論、堅気ではなかろう。

赤い肌襦袢が臀の割れ目の下半分を隠しているだけで、あとは全くの裸だ。その背中には、弁天様の図柄が半分ほど彫られている。

左手の指に墨を含んだ筆を挟み、右手に彫り針を手にした彫万《ほりまん》こと彫物師の万吉《まんきち》は、女の背中に覆いかぶさるようにして、弁天様の奏《かな》でている琵琶《びわ》を彫っていた。

高田富士の惨劇翌日の午後——深川にある万吉の家である。

外では、梅雨時のように、絹糸のような雨が音もなく降っていた。

しゃきっ、しゃきっ、しゃきっ……肌に針を入れるリズミカルな音が、静まりかえった六畳間の中に流れる。女は、固く目を閉じている。

彫り針は、特注品のごく細い針を数本、和紙で束《たば》ねて、絹糸で竹製の柄《え》に縛りつけたものだ。針先は一直線に並んでいるのではなく、アールをつけられている。平面に彫るのではなく、丸みのある人体の表面に彫るからだ。

皮膚の下に針先が入った時、その深度が均一でないと、墨の色が綺麗に出ないのである。弛《ゆる》まないように、左の親指と人差し指で皮膚を張って、そこに針を入れてゆく。滲《にじ》み出してくる血を、時々、焼酎《しょうちゅう》を含ませた布で拭きとる。

一日に彫れる時間は、最高で一刻《とき》——二時間。面積にして、掌《てのひら》くらいといわれている。それ以上だと軀の負担が大きくなりすぎて、発熱したり目眩《めまい》や関節痛を起こしてしまうのだ。ごく希《まれ》にだが、ショック死を起こす者さえあるという。

「——よし。今日は、これくらいにしておこうか」

五十前の痩《や》せぎすの万吉は、道具を脇に置くと、汗留めの捻《ねじ》り鉢巻きを解きながら言った。

客の女は、ほぅ……と火のように熱い息を吐いた

「ありがとうございました」

肌襦袢を肩からかけて裸身を覆うと、女は立ち上がって衝立《ついたて》の蔭へ入った。脱いだ衣類は、

そこに置いてある籠《かご》に納めてあるのだ。

「お待たせしましたな」

盥《たらい》の湯で手を洗った万吉は、煙草《たばこ》盆を持って襖《ふすま》を開け放した隣の六畳間に移った。弟子の若者が、仕事場の後片づけをする。

「いえ。お仕事中に押しかけて、すいません」

丁寧《ていねい》に頭を下げたのは、小ざっぱりした若い衆の格好のお凜と、贅肉《ぜいにく》の塊のような庄太《しょうた》という若者。

元は半端な小悪党だった庄太は、今では結城嵐四郎とお凜の一の乾分になり、情報集めや人捜しなどで役に立っている。

「なんの。大恩ある敬六《けいろく》親方の紹介なんだから、仕事中だろうが夜中だろうが、大歓迎ですよ」

敬六というのは、幻小僧凜之助の知人で表稼業は錠前師《じょうまえ》だが、裏では合鍵造りの名人といわれている。

「で――御用向きは」

煙草を一服つけてから、万吉は訊《き》いた。お凜は喫《す》わないが、庄太は貰った煙草を旨《うま》そうに吹かしている。

「実は、親方。馬鹿馬鹿しいと思われるでしょうが、彫物を消せる彫師がいるとお聞きになったことはございませんか」

「うーん」

彫万の顔に、微苦笑が浮かんだ。

「彫物を消す方法はあるか——というのは、私ら彫物師が一番多く訊かれることですがねえ」

「やはり、無理ですか」

「ご存じのように、普通、彫物を隠す方法は二つです。火か熱湯で火傷を作って、図柄を見えなくする。もう一つは、元の図柄がわからないように、別の図柄を彫ってしまう」

弟子の若者が運んできた熱い茶を、万吉は一口すすってから、

「私も若い頃は、どうにかならねえかと考えて、試しに、小さな賽子《さいころ》を彫ってる奴の肌に酢を入れてみたことがありますよ。着物のしみが酢で落とせるなら、肌の中の墨も落とせるんじゃないかと思って」

「どうでした」

「いや、真っ赤に腫《は》れ上がるわ、爛《ただ》れるわで、大変でした」

彫物名人は、艶《つや》のある月代を撫でながら、

「肌も火傷の跡みたいになって、確かに図柄は見えにくくなりましたが、それでは意味がない。兄さんが知りたいのは、元の真っ白な肌に戻す方法でしょう」

「ええ」

「私の知り合いの彫物師で……まあ、名前はご勘弁願いますが、面白いことを考えついた奴がおりました」

「ほう」

お凜が身を乗り出すと、身支度を終えた客の女が、

「親方。では、また五日後に」

「うむ。すぐに風呂に入るのを忘れないようにな。墨が、しっかりと肌になじむように」

「はい。失礼いたします」

その女は、男装のお凜に凄い流し目をくれて、出て行った。お凜は身ぶるいして、

「——で、親方。その面白いことってのは」

「昔から、見事な彫物を入れた者が死ぬと、大金持ちの好事家《こうずか》などが、寺男に金を握らせて、埋葬前に密かに肌を剝ぎ取り焼酎漬けにして保存するなんてことはありました。それを、生きた人間でやったらどうかと考えたのです」

彫万の説明によると、その彫物師は、長崎帰りの蘭方医《らんぽう》を仲間にして、生きている人間の

彫物をした左腕の部分の皮膚を、半紙の四分の一ほどの広さで剝ぎ取った。そこに、死んだばかりの人間の皮膚を焼酎で洗ったものを貼りつけ、晒《さら》し布で巻いたのだという。

「これは、ひどいことになりました」

万吉はおぞましげに、眉をひそめた。

「どんな毒が入ったものか、貼りつけたホトケの肌が腐り出し、とうとう、その腕一本切り落とす羽目になりましたよ。これがお上《かみ》に知れたら、大変です。示談にするのに、五十両も積んだそうですよ」

「うえ……」

腐った腕を切り落とす光景を思い浮かべて気分が悪くなったのか、庄太は、しきりに胸をさする。

「すると、彫物を綺麗に消して元の肌と同じにするなんて、夢のまた夢ってことですね」

お凜は落胆した。彫物師として江戸で三指に入る名人が駄目だというのだから、本当に不可能なのだろう。

藤姫の背中の十字架を消すことは、やはり出来ないのだ。もっとも、鉋の安の彫物はどんな処理をしたのか――という疑問は未解決のまま残るが……。

「いや、待てよ」

彫万が、急に虚空を睨みつけて、

「あいつはたしか、勘五郎《かんごろう》…彫勘とかいったかな」

「その彫勘が、何か」

「二、三年前でしたか。本所の料理茶屋の離れで彫物比べがあった時に、ちょっと一緒に呑んだ奴ですがね」

札差《ふださし》の隠居がスポンサーになって、彫物自慢が集まり、その場で番付を作るという会に、彫万を筆頭に数人の彫物師が招かれた。番付の発表後は、飲み会になったわけだが、その時、勘五郎という彫物師が彫万に話しかけて来たのだという。

「福助みたいに頭の鉢が大きい、形《なり》の小さな奴でした。親方は名人だとうかがいましたが、彫物を消すことができますか――と、いきなり、こうですよ。そりゃ、公方《くぼう》様のお脈をとる偉いお医者でも、お釈迦《しゃか》様でも出来ない相談だよ、と申しますと、にやりと嗤ってね」

私なら出来ます、いや、出来る方法は考えつきました、〈羽衣彫り〉と名付けました、あとは試し台になってくれる奴が四、五人いれば、必ず成功させてみせます――と豪語したそうだ。

「こっちは酔っ払いの戯言《ざれごと》だと思ってるから、適当に相づちを打って、お開きにしましたがね。今にして思えば、ずいぶんと自信ありげな口調でした」

「彫勘の勘五郎……住まいはわかりますか」

勢いこんで、お凜は尋ねる。

「私は知りませんが、あの時の世話人は花川戸の九兵衛《きゅうべえ》さんです」

「ああ、人入れ稼業の五寸釘《ごすんくぎ》の九兵衛親分」

「ええ。九兵衛さんに訊いてみたら、わかるのじゃないかな」

「ありがとうございます。ところで、親方。羽衣彫りとはどんなものか、見当はつきませんか」

「羽衣は天女の衣装ですが……さて、それで彫物を消すというのはどうも……」

万吉が考えこんだ時、玄関の方で声がした。弟子の若者が、応対に出てゆく。

「兄ィ」

庄太が、あわてて、お凜の袖を引く。

「ありゃあ、三田の伝次親分ですぜ」

「えっ」

顔色を変えたお凜を見た万吉は、

「馬鹿野郎!」

突然、大声で怒鳴りつける。

「そんな半《はん》ちくな考えで、親から貰った大切な軀に墨を入れようとは、とんでもない野郎だ。味噌汁で面《つら》を洗って、出直して来やがれっ」

「へ、へいっ」

「どうも、すいませんっ」

お凜と庄太は、心の中で彫万に感謝しながら、卑屈に頭を下げる。そこへ、岡っ引の伝次が乾分の条松を連れて、入ってきた。

「おう、邪魔するぜ」

「これはこれは、伝次親分。お役目ご苦労様でございます」

二人が挨拶を交わしている間に、

「じゃ、あっしらは失礼いたします」

お凜たちは、こそこそと退出する。

「親分。あの優男《やさおとこ》の方は、どっかで見たような気がしませんか」

肩越しに見送った条松が、首をひねる。

「うるせえな。大事な用件があるんだから、余計なことを言うな」

気短《きみじか》に叱りつけた伝次は、彫万の目を覗きこんで、

「隠さずに教えてくれよ、親方」

「そりゃあもう、わたくしに、わかることでしたら」

「彫物を消す方法ってのは——あるのかい？」

2

「——お婆《ばば》、達者かね」

埃《ほこり》っぽい部屋へ入った結城嵐四郎は、頑丈そうな西洋机の前に座っている老婆に声をかけた。

「へっ、憎まれっ子世にはばかるとか言うてのう。おかげさまで五体壮健、心気潑剌《はつらつ》、怖いものなしじゃわい」

痩せた老婆は、右肩をこね上げるようにして言った。机の上には、煎《せん》じ薬らしい茶褐色の液体が入った湯呑みが置かれて、そこから濃厚にして強烈なにおいが漂っている。

老婆は、まるで海岸に打ち上げられた海藻のようにねじれ乱れた長い白髪を、腰の上まで垂らしている。丸めた渋茶紙を広げたみたいに、顔中が皺だらけだ。

だが、抉《えぐ》ったような深い眼窩《がんか》の奥の眼には、意外と若々しい光が宿っている。

上は刺子《さしこ》の襦袢、下は裁付袴《たっつけばかま》という格好だ。裁付袴は山袴の一種で、胴回りから太腿にかけての部分はゆったりしているが、膝から下はぴったりとしている作業着である。

「それは重畳《ちょうじょう》」

嵐四郎は、八畳ほどの広さの部屋の中を見回す。

そこは、日暮里《にっぽり》の外《はず》れにある古い大きな百姓家の中だ。玄関や座敷や台所は普通だが、納《なん》戸《ど》の奥は板張りの洋室になっており、三方の壁に造り付けの本棚がある。

その本棚には、和書、漢書、西洋図書、そして台帳や帳面のようなものが、ぎっしりとつめこんである。いや、本棚だけでは足りずに、床にも所狭しと様々な書籍が積み上げられていた。

この白髪の老婆は、江戸の暗黒街で〈百婆ァ《ひゃくばば》〉と呼ばれている早耳屋《はやみみや》の巨魁《きょかい》であった。

早耳屋とは、いわゆる情報屋のことで、噂や儲《もう》け話、スキャンダルなどを掻き集めて、それを誰かに売り渡して、金を稼ぐ。だが、中には、重要ではあるが、すぐには売れないという情報もあるのだ。

百婆ァは、そういう情報を早耳屋たちからこまめに買い取り、体系的にまとめることによってその価値を増大させて、生きた情報倉庫となったのである。

さらに、和漢の書どころか長崎渡りの南蛮《なんばん》本まで手に入れて、誰にも真似できないほど知識を蓄え、それを高額で売りつけていた。

江戸の暗黒街の住人たちは、切羽詰《せっぱ》まった時には、渋々、百婆ァの家を訪ねる。そして、目の玉の飛び出るような金を払って、必要な情報を買い取るのだ。

そのあくどい商法にもかかわらず、百婆ァが今日まで誰にも殺されずに済んだのは、決して情報の二重売りはしないという悪党同士の信義だけは守っているからだろう。

その素性は誰も知らず、呼称通りに百歳なのか、それとも九十歳か、百数十歳なのか、判然としない。本人にもわからないのだ――と言う者すらいる。

嵐四郎は眉をひそめて、

「いつものことだが、この埃っぽさと澱《よど》んだ気はかなわんな。一度くらい掃除をして、風を入れたらどうだ。老体にも、埃と湿気は毒だろう」

「なんの、なんの」

百婆ァは、にたりと嗤う。

「わしは、不老長寿の人魚の肉を喰《く》うとるでな。病知《やまい》らずじゃ。ひょっとしたら、殺されても死なぬかもしれん。ひゃははは」

「人魚の肉を食《しょく》したのなら、もう少し…」

「何じゃい」

白い眉の下の金壺眼《かなつぼまなこ》を、ぎろりと光らせる百婆ァだ。

「いや、別に」嵐四郎は咳払いした。

「ところで、お婆よ。富士講のことは知っているだろうな」

「当たり前じゃ。わしを誰と思うぞっ」

百婆ァは、どんっと西洋机を叩いた。煎じ薬の入った湯呑みが、倒れそうになる。

「森羅万象天文地理故事来歴から佐渡金山の脱出用路、果ては松前《まつまえ》の女郎の相場まで、知らぬことのない百婆ァじゃ。千両箱を二つ、三つ、ここに積んで見よ。江戸城の御金蔵の間取りから、出入り口の錠の構造まで教えてやろう」

「そのうちにな」

適当にあしらってから、嵐四郎は表情を改めた。

「富士講の開祖が角行で、二代目以降が日旺《にちがん》、旺心《がんしん》、月旺《げつがん》、月心《げっしん》と続いたことくらいは、俺も調べたよ。三代目旺心の弟子が月行《げつぎょう》、その月行の弟子が食行身禄で、この食行が今日の富士講の発展の基《もとい》だというのも、わかっている。俺が知りたいのは――」

醜悪な老婆の顔を見つめて、

「富士講の分派である聖山教団についてだ。星道という者が開祖らしいが」

「聖山教団……星道……はてねぇ」

白髪に指を突っこんで、がりがりと掻きむしった百婆ァは、背もたれのついた椅子から立ち上がり、右足を軽く引きずりながら、左手の本棚の方へ行った。

そこの本を何冊か抜き取って、ぱらぱらとめくって首を傾《かし》げる。四隅の柱には西洋ランプが据え付けられているので、部屋の中は非常に明るい。

それから老婆は、今度は右手の本棚へ行って、何冊かの本を見てから、床に這い蹲った。巨大な蜥蜴《とかげ》のように、積み上げてある本の山の間を移動しながら、崩れかけた山の下から本を引っ張り出して、口の中でぶつぶつと何事か呟きながら、目を通してゆく。

本の上の埃が舞い上がり、部屋の中は霞《かすみ》がかかったようになる。うんざりしたような顔で、嵐四郎は袂で鼻と口を覆った。

「何かわかったかね」

「うむ、わかった」

男のように床に胡座《あぐら》を掻いて、薄手の本を覗きこんだまま、百婆ァは答える。

「わからんということが、わかった」

「何だと」

「富士講三代目の旺心には四人の弟子があって、その一人が星旺《せいがん》という。この星旺の系統の何代目かに星行《せいぎょう》という者がおるが、どちらも聖山教団やらとは関わりがない」

「それで――」

「開祖の角行には、泰宝《たいほう》、渓旺《けいがん》、半渓《はんけい》、法仏《ほうぶつ》、大清《たいせい》、旺渓《がんけい》、旺法《がんほう》、玥賢《がんけん》、光旺《こうがん》という九人の弟子がおった。後に二代目となって名を日旺と改めたのは、渓旺じゃ。さて、この『霊山奥《れいざんおう》秘録《ひろく》』という本によると、弟子の数は九人ではなく実は十人だったそうじゃ。その十人目の弟子の名が――」

「星道か」

「ご名答。ただし、その星道の名が、どうして他の富士講文書から省かれているか、その理由は書いておらん。破門されたのかも知れぬ。わかったのは、ここまでじゃい」

「聖山教団の開祖が角行の十番目の弟子――これだけでは、何の役にもたたん」

憮然《ぶぜん》として、嵐四郎が言う。

「役に立つか立たぬかは、そちらの勝手」

本を元の山に戻した百婆ァは、右足を引きずりながら机の前へ戻った。

「わしは料金さえ貰えば、それでよい。今回は、三両にまけておこう」

「たったそれだけで三両は、法外というものだ。死人の衣をはぎとるという奪衣婆《だつえば》より、まだひどいぞ。いや……そうか」

急に、嵐四郎は苦笑を浮かべて、

「いつもの事を忘れていた。それで、出し惜しみしているのだな」

「いつもの事……？」

嵐四郎は西洋机を回りこんで、怪訝《けげん》な顔になった百婆ァの前に行くと、

「たっぷりと、俺の精をくれてやろう。だから、聖山教団のことを詳しく教えてくれ、よいな」

この男にはそぐわぬ下卑《げび》た物言いで、墨流し染めの着流しの前を開いた。下帯の脇から黒ずんだ肉塊を摑み出して、扱《しご》く。

「な、何を……」

啞然とする老婆の前に、嵐四郎は逞しくそそり立った男根を突き出した。

天狗《てんぐ》面の鼻のように反りかえり、その茎部には、木の幹に絡みつく蔦《つた》のように、うねうねと血管が這い回っている。

「遠慮するな、咥《くわ》えるがよい」

嵐四郎は、百婆ァの白髪を荒々しく鷲《わし》づかみにすると、その口元に巨砲の先端を押しつけた。

「ひっ」

反射的に仰《の》けぞった相手の白髪頭が、ずるりと嵐四郎の手の中に残った。

無惨に頭皮が剝がれたわけではない、それは鬘《かつら》だったのである。その鬘には、皺だらけ

の老婆の仮面も付属していた。

百婆ァの面の下から現れたのは、二十歳くらいと思われる黒髪の美女。嵐四郎は冷酷な表情になって、

「お前は——聖山教団の朱星だろう」

3

昨日の深夜、高田富士の麓で黄星という黒行者から聖石を投げ渡された者——朱星の動きは迅速であった。嵐四郎に襲いかかると見せて、さっと身を翻らせて西洋机を跳び越そうとした。

が、嵐四郎の右手が素早く、その左の足首をつかむ。そして、女の軀を引き寄せつつ、西洋机の上に俯けに叩きつけた。

湯呑みが倒れて、中身の煎じ薬をぶちまけながら床に転げ落ちる。

「うっ！」

女の急所である両の乳房を思いっきり机の天板に打ちつけて、朱星は息が詰まったらしい。

そのわずかの隙に、嵐四郎は大刀の下緒《さげお》を外すと、女の両手首を背後で縛った。

親指の根本にまで巻く地獄縛りなので、縄抜けすることは不可能であろう。

それから、朱星の腰にぶら下っていた手拭いを捻《ねじ》ると、猿轡《さるぐつわ》をかませる。これで、声を出すことも舌を嚙んで自害することも出来なくなったわけだ。

裁付袴の帯を解いて、引き下ろし、脱がせた。白い下半身が剝き出しになる。逆三角形の柔らかな恥毛が、亀裂を飾っていた。右の太腿に白い晒布《さらしぬの》を巻いているのは、嵐四郎が打った小柄の傷だろう。

足で蹴飛ばそうとする朱星の抵抗を軽々とあしらいながら、嵐四郎は、彼女を机の上に仰向けにした。そして、その両足の間に自分が入る。

赤っぽい色をした花弁に、己《おの》れの巨砲の先端をあてがった。

「ぐぅ…っ！」

恐怖と絶望に、朱星の目が吊り上がった。

「百婆ァに化けきれなかった先ほどの狼狽《うろた》えぶりからして、どうやら、お前は男知らずの生娘のようだな。女は斬らぬ俺だが、生娘にふさわしい責め方をしてやろう」

そう呟いた嵐四郎は、石のように硬い剛根で容赦なく、濡れてもいない花孔を突き破った。

「……っっ!!」

朱星の背中が、弓なりに反りかえった。

自分の腕よりも太い肉の凶器に聖なる秘扉を破壊されただけではなく、肉体の最深部まで貫かれたのだから、その苦痛は並のものではない。結合部には、血が滲《にじ》んでいる。が、嵐四郎の非情な責めは、それで終了したわけではなかった。強引に女黒行者の純潔を奪ったことは、その第一歩に過ぎなかったのである。

朱星の足首を両手でつかんでV字型に開き、その臀を浮かせると、嵐四郎は抽送を開始した。

長大な男根を、ずずず……っと、くびれの部分まで後退させると、ずんっ……と奥の院まで一気に突く。ずずず……ずんっ……ずずず……ずんっ、とリズミカルに突きまくる。

躯を真っ二つに裂かれるような激痛に、もしも猿轡をかまされていなかったら、朱星の喉からは一町先まで聞こえるような絶叫が迸り出ていたことだろう。

しかし、猿轡をされ、後ろ手に縛られ、臀部が宙に浮いているため、朱星に出来ることはごく少ない。くぐもった呻き声とともに、火で炙《あぶ》られた蚯蚓《みみず》のように躯をくねらせるだけだ。

「聖山教団について、あの聖石とやらについて、全てを話すというなら、この責めをやめてやるぞ。どうだ」

嵐四郎がそう言うと、朱星は左右の耳を机で叩き潰そうとするかのように、激しく頭を横に振った。髷を結わずに、項のあたりで括って垂らした髪の束が、生きもののようにとび跳ねる。

「強情な奴だな。では、仕方がない」

嵐四郎は眉ひとつ動かさずに、抽送のテンポを早めた。身悶《みもだ》えして苦しむ朱星にかまわず、力強く突いて突いて、突きまくる。

愛汁《あいじゅう》が分泌されて花孔粘膜が濡れてきたのは、悦楽のためではなく、少しでも苦痛を和らげようとする生体の防御反応であった。

そして、嵐四郎はついに大量に射出した。灼熱の白い溶岩流が、花孔の奥の奥に音を立てて衝突し、逆流して結合部から溢れた。破華《はか》の血が混じって、それはピンク色になっている。

朱星の肉体から、ぐったりと力が抜けた。まだ挿入されたままだが、生き地獄のような責め苦から解放されて、猿轡の下から荒い息をつく。

「よく耐えたな。敵ながら見事と誉めておこう」

嵐四郎の口調は、さらに冷たくなった。

「だが、これならどうかな」

ずぼっ……と萎《な》えぬ巨砲を引き抜くと、朱星の軀を俯せにした。

そして、その引き締まった臀の双丘に手をかけると、左右に開く。谷間の奥に、灰色がかった窄《すぼ》まりが見えた。

そこに、聖液と愛汁にまみれた巨砲を押しつける。

不吉な予感に朱星は、顎と両肩を使って這い逃げようとしたが、嵐四郎は何の躊躇《ためらい》もなく、慎ましく閉じている排泄《はいせつ》孔を強引に貫いた。

「――――っっ!!」

まるで、脳が破裂したかのような激痛であった。

硬度もサイズも規格外の男根に、前戯抜きで臀の孔を犯された痛みは、筆舌に尽くしがたい。下半身が痺《しび》れて、感覚がなくなったようだ。

しかし、嵐四郎は、さらに責めた。

臀肉を鷲づかみにして女の軀を固定すると、ざくっ、ざく、ざくっ……と後門を逞しく抉る。

朱星は、猿轡の奥から獣物《けだもの》の吠《ほ》え声に似た呻きを発しながら、頸骨が外れるのではないかと思われるほど激しく首を滅茶苦茶に振った。全身から脂汗が噴き出す。

だが、嵐四郎の切れ長の双眸《そうぼう》には、いかなる慈悲の色も浮かばない。排泄孔を抉る角度やテンポを変えながら、冷ややかな眼差《まなざ》しで女の背中を見つめるだけだ。

初物の臀孔を責めて責めて責めまくり、抉って抉って抉りまくっている内に、やがて――

女行者・朱星の軀に変化が現れた。

板のように強《こわ》ばっていた背中の筋肉が緩んで、酔っぱらったように頬が紅潮し、眼が虚《うつ》ろになって、呻き声には甘さすら混じっている。

「外道責めで堕《お》ちたか……」

嵐四郎の唇の端が、皮肉っぽく歪《ゆが》んだ。

人の心の中には誰しも、加虐本能と被虐本能が眠っている。朱星は、苦痛の頂点を越えたために、被虐本能に火がついてしまったのであろう。痛みが悦びに変わったのだ。灸《きゆう》の熱さに慣れると、それが心地良く感じるのと同じである。

情け容赦もなく女人を犯して犯して犯しまくって、ついには淫楽の奴隷に堕とすゆえに、人の道を外れた〈外道責め〉という。一種の性的洗脳といえようか。

嵐四郎が抽送のテンポを穏やかにして、猿轡を緩めてやると、

「あふ…あふ……もっと、もっと犯してぇ……！」

口の端から唾液を垂らして、朱星は懇願した。

「こうか」

喉元まで通れとばかりに、嵐四郎が深々と突く。

「ひぐぅっ！」

仰《の》けぞる朱星の髪束をつかむと、嵐四郎は、それを馬の手綱《たづな》のように引き絞って、希望通

りに荒々しく臀孔を犯してやった。

極太の肉茎が出没する排泄孔は、限界まで伸びきって血が滲んでいた。被虐の女行者は、悲鳴を上げながら熱泥《ねつでい》のような快楽地獄に溺《おぼ》れる。

その様子を見定めてから、嵐四郎は急に腰の動きを停止した。

「いや、やめないで、やめてはいやっ」

焦った朱星は、貪欲《どんよく》に臀を蠢《うごめ》かして、男のものを咥えこもうとする。

「答えろ、本物の百婆ァはどうしたのだ」

「あそこ、あそこの床下に埋めたっ」

朱星は顎先で、部屋の隅を指し示した。

「なるほど……あそこだけ埃が少なかったのは、そういうわけか」

幾ばくかの感慨をこめて、嵐四郎は、百婆ァが埋められた場所を眺めた。

答えた褒美《ほうび》に、二、三度、女の後門に剛根を突き入れてやる。朱星は喜悦の叫びを上げた。

江戸の夜の底に棲息《せいそく》して、貪欲に情報を集め、強欲に売りさばいて来た素性不明の老婆は、その生き方にふさわしい死に方をしたというわけだ。濃厚なにおいの煎じ薬は、血臭を消すためのものだったのだ。

闇目付として数多くの悪党を地獄送りにして、今も一片の哀れみもなく女行者の臀を凌辱している自分も、いつかは、その血まみれの生涯に似合った酷《むご》たらしい最期を迎えることであろう……。

「星心とは何者だ。お前の仲間の黄星が死ぬ間際に言っていた名だが」

非情な臀孔強姦を続行しながら、嵐四郎が尋ねる。

「せ…星心様は…星道様を開祖とする聖山教団の二代目教祖であられる……我ら鉄士隊は、星心様の手足となって秘密の役目を果たす者……ああんっ……も、勿体《もったい》なくも、一人一人が〈星〉の一字を頂戴している……」

「聖石とは何だ」

「仙元大菩薩の神秘力が宿った石……」

富士山の山肌を埋め尽くす溶岩塊の中にその聖石は埋まっていたのだが、今から五十年前に、それとは知られずに他の黒朴《こくぼく》と一緒に江戸へ運ばれて、神秘力を秘めたまま高田富士の造山に使われたのだという。

三日毎に三夜かけて富士塚で三人の処女の生血を捧げれば、その聖石は眠りから覚めて、驚くべき神秘力を発揮する——と星心は鉄士隊の面々に語ったのだそうだ。

「その聖石を探し当てて、どうしようというのだ」

「世直し……腐敗堕落した末法の世を終わらせて、仙元大菩薩を信ずる者のみが暮らす清浄な楽土を建設す……ひぃぃっ！」

　あまりにも深く抉ったためか、朱星の括約筋が、ぎゅっ……と肉根を締めつける。

「無辜《むこ》の娘たちを惨殺しておいて、世直しだの清浄な楽土だのとは片腹痛い」

　吐き捨てるように言う嵐四郎であったが、人間が生きたまま松明《たいまつ》となって燃え尽きる現場を目撃してしまった以上、あの聖石に常識外の力があることだけは認めざるをえない。

「それで、聖石は今どこにある。もう、聖山教団の本拠に運んだのか」

「明日、江戸を発《た》って、お山へ……今夜中にもう一つ、手に入れるものがあるから……」

「何だ、もう一つとは」

「それは──」

　淫楽の海に漂いながら朱星が答えようとした、その時──嵐四郎は、巨砲を引き抜きながら後方へ跳んだ。

　たった今まで嵐四郎がいた空間を、飛来した数個の三角礫が貫いて、本の山に突き刺さる。

「むっ」

　見れば、天井の一角が開いて、そこから黒行者が顔を出していた。そいつは、さらに黒っぽい玉を投げつける。

　その玉は、朱星と嵐四郎の中間の床に当たって、破裂した。たちまち、部屋中に刺激性の灰色の煙が充満して、眼を開けるのも辛《つら》いほどになる。

その煙の奥から、何かが突き出される気配があった。嵐四郎が勘を頼りに抜き打ちすると、掌刃を握った右腕が床に落ちた。

さらに別の殺気が背後から押し寄せて来たので、床に片膝をつきながら、斜め後ろへ斬り上げる。

「げぇっ」

手応えがあって、人間が本棚にぶつかって倒れるような音がする。

立ち上がって体勢を立て直そうとした嵐四郎は、煙の奥から導火線が燃える独特の音を聞いた。

「ちいっ」

迷っている暇は無かった。

煙を斬り払いながら、西洋机に飛び乗った。机には朱星がいない。仲間が連れ去ったのだろう。机の向こう側へ降りて、出入り口の板戸に体当たりする。

板戸もろとも嵐四郎が廊下に倒れこむのと、部屋の中で爆発が起こるのが、ほぼ同時であった。爆風が、嵐四郎の頭上を通り過ぎる。

滅茶苦茶になった部屋から、真っ黒な煙と炎が噴き出して来た。嵐四郎は立ち上がり、座敷を横切って、縁側へ出る。履物《はきもの》は、そこに置いてあったのだ。

黒行者ども——聖山教団鉄士隊の攻撃は無かった。遠くから蹄《ひづめ》の音が聞こえてくる。彼らは朱星を連れて、馬で逃げたらしい。

(世直しを口実に娘たちを生贄にし、立ちはだかる者を次々に殺害する……これが淫祠《いんし》邪教でなくて、何だというのだ。断じて、この俺が許さんっ)

夕闇の中で、炎上する百姓家を背に歩き出した嵐四郎は、

(こうなったら……富士山麓まで行って、星心とかいう教祖を斬り、聖山教団を叩き潰さねばなるまい!)

眉を引き締めて、固く決意していた。

第五章　双子死客人《ふたごしかくにん》

1

「おっと、庄太。ここらしいぜ」

下谷通新町《したやとおりしんまち》、小塚原《こづかっぱら》処刑場からも余り遠くないという粋《いき》な路地の奥に、生垣《いけがき》に囲まれたわずか三間の小さな借家がある。

今にも降り出しそうな鉛色《なまり》の空の下で、その家の玄関先を覗きこんでいるのは、男装のお凜と贅肉の塊のような庄太であった。

「ちょいと声をかけてみな」

周囲をさっと見回すと、お凜は顎をしゃくって、庄太へ命じる。

「へえ」

不安げな顔つきの庄太は、おそるおそる玄関に亀の子のように頭だけ突っこんで、

「ごめんなさい、ごめんなさいよ。勘五郎さんのお宅はこちらですかえ」

羽衣彫りという特殊技法を編み出したという彫勘こと彫物師の勘五郎、その居場所を三日がかりで何とか突き止めたお凜と庄太であった。

返事はなかった。

「留守か……」

お凜は、玄関を塞《ふさ》いでいる庄太の巨体と格子戸の隙間から、するりと三和土《たたき》へ入りこんだ。草履《ぞうり》を脱いで、手前の四畳半に上がりこむ。

「いいんですかい、お凜姐御《あねご》…じゃなかった、兄《あに》ィ。勝手に上がりこんじまって」

「開けっ放しだから、そのうちに帰って来るだろう。中で待たしてもらおうじゃないか」

四畳半の奥が六畳の居間、そこから猫の額ほどの庭が見えて、その向こうは商家の高い塀になっている。

右手に台所、左手に押し入れ付きの六畳間がもう一つ。そこに彫物道具が置いてあるから、仕事場なのだろう。

四十男の一人所帯の割には、さほど汚くはない。もっとも、あまり不衛生な家では、誰も客が寄りつかないだろうが。

白い木股《きまた》を穿《は》いたお凜は、居間の長火鉢《ながひばち》の前に胡座《あぐら》をかいて、

「白湯《さゆ》でも貰うか……あれ、空《から》だ」

鉄瓶を持ち上げて、舌打ちする。火箸で灰の中を掻き回したが、

「火種も埋めてねえや。参ったな」

行儀悪いことに長火鉢の脇に、ごろりと横になって手枕をする。裏庭の方へ背を向けて座った庄太が、天井なんぞを見上げながら、

「今日で三日目か……旦那は今頃どこらあたりですかね。今朝あたり、箱根《はこね》のお関所を越えたかな」

「ふんっ、つまらねえ」

お凜は、爪先で長火鉢を軽く蹴った。

聖山教団の鉄士隊が聖石を持って東海道を西へ向かった——という情報を早耳屋の牛松《うしまつ》から得た結城嵐四郎は、彼らを追って旅に出たのである。殺された三人の生娘《きむすめ》の仇《あだ》を討ち、聖山教団の野望を挫《くじ》くために。

一緒に行きたかったお凜ではあるが、藤姫の背中にある十字架の筋彫りを消してやるためには、どうしても彫勘に会わねばならないのだ。岡っ引の伝次も彫物を消せる男を捜しているのだから、こっちが先に見つけないと、彫勘は牢屋送りになってしまうかも知れない。

「庄太のお兄ィさんが一人で彫勘を見つけだして例のことを頼めるのなら、俺《オイ》らは嵐四郎様についていけたんだけど……ま、それは無理だしな」

「そんなに馬鹿にしたもんじゃありませんぜ。この泣きべその庄太、泣き落としにかけちゃあ、番付でも幕内から洩れることはねえ」

「江戸泣き落とし番付てものがあるのか。そいつは初耳…」

お凜は言葉を切って、庄太の背後を見つめる。

「どうかしましたかい」

ひょいと振り向いた庄太は、いつの間にか、庭先に柄の悪い痩せた男が立っているのを見て、

「ひっ」

腰を抜かしそうになる。

すると、隣の六畳間の押し入れが、さっと開いて、酒焼けした赤鼻の男が出てきた。さらに、台所の方からも、肩幅の広い筋肉質の男が、のっそりと出て来る。擦り切れたように眉がなかった。

年齢は三十から四十の間だろう。どう見ても、三人とも堅気ではない。痩せた奴は、懐に匕首《あいくち》を呑んでいる。

ごろつきらしい三人は、無言でお凜と庄太を取り囲み、厭《いや》な目つきで見下ろす。

「へ、へへへ」

庄太は訳もわからずに、へらへら笑いながら三方向に卑屈に頭を下げて、

「こりゃあ、お兄さん方。良いお日和《ひより》で」

「外ァ曇りだ」

赤鼻が吐き捨てるように言う。痩せた奴が肩を揺すりながら、

「おめえら、彫勘の知り合いか」

「いえ、いえ。腕の良い彫物師がいると聞きましたんで、ひとつ威勢のいいのを背中に彫って貰おうかと思いましまして。へえ」

「本当か」

「――そういう兄《にい》さん方は?」

誤解されないように、ゆっくりと軀を起こしたお凜は、未練がましく鉄瓶を持ち上げて、軽く振ってみる。

「俺たちは、毘沙門天《びしゃもんてん》の伊奈蔵《いなぞう》の身内よ」

筋肉質の眉無し男が、そんなお凜を見下ろしながら言った。

毘沙門天の伊奈蔵というのは、千住界隈《せんじゅかいわい》を縄張りにしている顔役で、貪欲にして狷介《けんかい》、ひ

どく残忍な男だという。

「彫勘の野郎、うちの賭場《どば》で二十両もの借金を作りやがってな。今日が期日だというのに、朝から雲隠れしたままだ。おめえら、彫勘に頼まれて様子を見に来たんじゃねえのか」

「とんでもねえ。まだ、会ったこともありませんよ」

お凜は愛想笑いをしたが、眉無し男の目は冷たかった。

「まあ、いいやな。五、六発ぶん殴れば、口も軽くなるだろう」

その瞬間、お凜は鉄瓶を眉無しの顔面に投げつける。嵐四郎の手解《てほど》きを受けたお凜の手並みは、鮮やかだった。見事に鼻柱が潰れて、男は仰《の》けぞった。

ほとんど同時に、庄太は、赤鼻に体当たりをくらわせる。喧嘩は弱い庄太だが、体重は人の二倍もあるから、赤鼻の軀は押し入れの方へ吹っ飛んだ。

「野郎っ」

痩せた男が、懐の匕首を抜こうとした。その右足の甲に、お凜は火箸を突き立てる。火箸は甲を貫いて、その足を畳に縫いつけた。

「ぎゃあっ」

匕首を放り出して、男は悲鳴を上げる。

「それっ」

お凜と庄太は、履物を引っかけて玄関から飛び出した。普段は動きの鈍い庄太だが、逃げ足だけは迅《はや》い。急に降り出した夕立の中を、二人は一目散《いちもくさん》に走り出す。

「痛てえ、痛てえよぅ」

火箸を抜くことも出来ず、苦痛の余り、痩せた男は泣きだした。

「追え、ぶっ殺せっ」

血の流れ落ちる鼻を右手で押さえて、眉無し男は、くぐもった声で叫んだ。

「へ、へいっ」

赤鼻は、藻掻《もが》くような身振りで、玄関から飛び出してゆく。

「源《げん》、こら、源七《げんしち》っ」

眉無しは、痩せた男を叱りつけた。

「しっかりしやがれ。そんなもの引っこ抜いて、焼酎と晒しを持ってこい、早くしろっ」

「だって雅兄《まき》ィ……」

「だっても糸瓜《へちま》もあるか。くそっ、血が止まらねえ」

手拭いを鼻孔にあてがった眉無しは、苛立《いらだ》たしげに源七の方を向いて、

「何してる。ん……?」

ようやく、源七の様子がおかしいのに気づいた。源七は口を半開きにして、目も水っぽく

虚ろになっている。

「おい、源」

痩せた男は物も言わずに、前のめりに倒れた。その背中の急所に、二個の三角錐がめりこんで血が滲んでいる。

「源っ、どうしたっ」

源七の肩を揺すった眉無しは、ふと庭の方を見た。

そこに巨大な影法師が立っている。七尺――二・一メートルはあろうという大男だ。黒い行者装束を着た聖山教団鉄士隊の一人だが、眉無しには、そんなことはわからない。

「誰だ、てめえは！」

眉無しは、あわてて源七の放り出した匕首を拾った。

「源七を殺したのは、てめえだなっ」

「――彫物師の勘五郎を追っているのは、お前たちか」

黒行者が錆びたような声で問う。

「うるせえっ」

軀ごとぶつかる覚悟で、眉無しは匕首を腹の前で構える。

「もう一度、訊く」

草鞋《わらじ》履きのままで、黒行者の白星《びゃくせい》は居間に上がりこんだ。

「わしが始末すべき者は、お前たちか――」

2

正午前だというのに、石畳の街道は夕方のように薄暗かった。

曇り空のせいだけではない。街道の左右にそびえ立つ高い杉木立と深く生い茂る篠竹《ささたけ》の繁みが、まるでトンネルのようになって陽光を遮《さえぎ》っているからだ。

東海道五十三次でも一番に数えられる難所、標高八百四十六メートルの箱根峠である。その昼なお暗い箱根峠でも、東側の挟石坂《はさみいしざか》が最も傾斜がきついといわれている。

その急坂を、二人の小柄な旅人が息杖《いきづえ》を突きながら登っていた。他に旅人の姿はない。

二人とも大島紬《おおしまつむぎ》に男帯、白い脚絆《きゃはん》。笠の下に頬被りした手拭いからのぞく髪も男髷だが、その帯に柄杓《ひしゃく》を差して、笠には〈御蔭《おかげ》〉と書いてある。

御蔭詣《まい》り――三代将軍家光《いえみつ》の治世に始まった伊勢皇大神宮《いせこうたいじんぐう》への大規模な集団参詣を、こう呼ぶ。

この慶安三年に起こった最初の御蔭詣りでは、一月下旬から、箱根の関所を通った者が一日に数百人、三月中旬から五月までは実に一日二千百人にもなったという。

第二回目の御蔭詣りは五代将軍綱吉の御代の宝永《ほうえい》二年、参詣者は最高で一日に二十二、三万人。総数は三百五十万人前後といわれている。

民族大移動とでも呼ぶべき規模だが、伊勢詣りと言えば街道の家々が無料で食事をふるまったりしたので、たとえ一文無しの者でも旅を続けることが出来た。

また、別名を〈抜《ぬ》け詣り〉というように、商家や武家の奉公人などが、主人の許しを得ずに、勝手に職場を抜け出して参詣しても、咎《とが》め立てられることはなかったという。

八代将軍吉宗《よしむね》の享保年間には二度あったが、これは小規模なもの。そして、十代将軍家治の明和《めいわ》八年の四月に始まった御蔭詣りは、総数二百万といわれている。

さらに、今年——文政十三年の閏《うるう》三月、阿波国《あわのくに》に天から伊勢神宮のお札が降ってきたことに始まった御蔭詣りは、これまでで最大の規模となった。

閏三月と四月の二カ月間だけで、参詣者は二百四十二万人。五月後半の現在では、総計三百万人に迫っている……。

この二人の女も、笠に書かれた文字と柄杓で明らかなように、御蔭詣りの途中に間違いない。

どちらも二十歳くらい。色黒で肌が荒れているが、整った顔立ちの双子である。片方が唇の右側に、もう片方が唇の左側に小さな黒子《ほくろ》があった。

杉戸と笹のトンネルを曲がった姉妹は、急に足を止めた。幅二間ほどの狭い街道を塞《ふさ》ぐように、駕籠《かご》が横向きに置かれていたからだ。

そして、駕籠の前では、下帯に袖無し半纏《はんてん》を引っかけただけの半裸体の駕籠掻きが二人、担ぎ棒に寄りかかるようにして立っている。

「おう、姐《ねえ》さん方《がた》。駕籠はどうだい」

剝き出しの胸を掻きながら、三十前と見える先棒が声をかける。

「御蔭詣りの衆は、ずいぶんと安くさせて貰うぜ」

鼻の下をこすって、同年輩の後棒が言った。

「はあ、有難うございます。でも、もうすぐ峠越えで、あとは下りですから」

唇の右側に黒子のある女が、穏便に断る。こちらが双子の姉らしい。

「これだから、素人はいけねえ」と後棒。

「坂は、登りよりも下りの方がきついんだ。膝を痛めたり、足首を挫いたりする。悪いことは言わねえから、乗っていきな」

「そうともよ。二人で交代で乗るがいい。まずは、そっちの姐さんからどうだ。え？」

駕籠掻きたちは、梃子《てこ》でも動かない物腰で、しつこく誘う。これぞ、急な坂、年中かかる霧と並んで旅人を困らせる箱根三大名物の一つ、雲助《くもすけ》だ。

雲助という呼称は、各地で悪さをしては雲のように流れてゆくからとも、街道に蜘蛛《くも》のように網を張って鴨《かも》を待ち伏せするところから来たともいわれる。

無理矢理に駕籠に乗せて法外な料金を請求するなど序の口で、有り金残らず毟《むし》り取ったり、美しい女と見れば輪姦したりと、やりたい放題であった。

しかも結束力が強くて、手強い客に返り討ちにあったりすると、仲間を呼び集めて大勢で復讐するという。

「遠慮はいらねえ、さあ」

にやにやと下卑た嗤いを浮かべながら双子姉妹に近づいた先棒が、不意に、息杖を姉の左顔面に叩きつけた。

とっさに、姉は自分の息杖でそれを受け止めた——だけではなく、くるりと相手の息杖を巻き取って、篠竹の繁みの方へ吹っ飛ばしてしまう。意識してそうしたのではなく、つい習い性で、反射的に相手の武器を取り上げてしまったのだ。

「見たぞっ」

息杖を奪われた先棒は、ぱっと後ろへ跳び退《さ》がって、

「並の女には出来ぬ息杖の遣い方、お前たちは死客人の鈴虫松虫だろう！」

背中の方から左手で素早く、十手《じって》のようなものを取り出す。後棒も、それに倣《なら》った。

十手は普通、長い棒身の根本に短いL字型の鉤《かぎ》を付けている。が、駕籠掻きたちが構えたのは、左右に逆向きのL字鉤を付けたもので、琉球《りゅうきゅう》武術で使用されるという卍釵《まんじさい》に似ていた。

上向きのL字鉤は太刀もぎに、下向きのL字鉤は護拳になるのだ。柄の端からは細い鎖が伸びて、その先端には分銅《ふんどう》が付いている。

「それは卍十手……あんたらは、掃除屋の卍四人衆かいっ」

妹の松虫ことお松が言う。後棒が、ひゅんひゅんと分銅鎖を右手で回転させながら、

「そうよ。敵薬《てきやく》の元締を裏切ろうとする死客人は、この卍四人衆が掃除することになっているのさっ」

死客人とは、金を貰って縁も恨みもない相手を殺すプロフェッショナルの殺し屋のことで、古くは処刑人《ころしにん》と呼んだらしい。

事実上の日本の首都である江戸の底には、多くの欲望と陰謀、怨念《おんねん》と憎悪が渦を巻いている。したがって、殺しを請け負うプロを抱えた元締が数名いて、特定の縄張りを決めずに共存していた。

敵薬の源兵衛《げんべえ》は、そういう夜の底に棲《す》む元締の一人で、お鈴とお松の双子姉妹も彼の配下

だった。彼女たちは一卵性双生児で、しかも女同士の同性愛《レズビアン》関係にあるという特異な死客人だ。

腕利きの双子死客人は、しかし、ある事情から廃業を決意して、御蔭詣りの者に化けて江戸を脱出したのである。

だが、源兵衛の腹心の乾分である卍四人衆が先回りをして、箱根の関所を越えていささか油断をした姉妹の前に現れたのであった。

「……お松！」

後ろを見たお鈴が、警告の声を発した。

三間ほど後方にも、旅商人のような格好の二人の男が立っていた。卍十手を手にしている。

片方は蛞蝓《なめくじ》を二匹貼りつけたような分厚い唇の男、もう片方は頰に薄い傷痕がある痩せた男だ。

「考えたな。抜け詣りなら、手形もなしに箱根の関所でも通れる。小田原《おだわら》で偽造の手形を手に入れるのは簡単だが、それだと、すぐに俺たちの耳に入るからな」

頰傷男が嗄《しわが》れた声で言った。卍四人衆の頭目格で、甚五郎《じんごろう》という。

「顔に鍋墨まで塗りたくって肌の荒れた色黒の女に変装したのに、お気の毒様」

分厚い唇を歪めた奴は、久六《きゅうろく》という名だ。駕籠搔きの先棒に化けたのが善七《ぜんしち》、後棒に化けたのが三吉《さんきち》である。

「ちっ」

邪魔になる笠と手拭いを、お鈴は脱ぎ捨てた。息杖を左手に持ち替えて、右手で帯の結びの中から匕首を抜く。甚五郎たちに向かって、逆手に構えた。

妹のお松も、笠と手拭いを毟《むし》り取った。善七たちに向かって、四尺ほどの長さの息杖を上段に構えた。底部をひねると、その先端から四寸ほどの鎌刃が、ちゃきっと直角に起き上がる。

七尺以上の柄を持ち馬の足を斬る薙鎌《なぎかま》という戦場武器があるが、これは、その小型版とでもいうべき物だ。

二人は背中合わせに立つ。実の姉妹で、しかも同性愛のパートナーであるから、何も言葉を交わさずとも呼吸はぴたりと合っていた。

箱根峠に濃厚な殺気が流れる。甚五郎は目を細めて、

「さすがに女ながら凄腕《すごうで》といわれる鈴虫松虫だ、なかなか隙がねえ。だが……俺たちも、裏切った死客人を逃したことはない無敵必殺の掃除屋よ」

卍四人衆は、じりじりと間合を詰める。

「ほれよっ」

「せいっ」

前方の三吉と後方の久六が、ほぼ同時に、卍十手の鎖分銅を放った。こちらも、呼吸が揃っている。

まるで銀色の毒蛇のように、三吉の鎖分銅はお松の薙鎌の先端に、久六のそれはお鈴の息杖に絡みついた。

奪い取られないように、姉妹が息杖を持った手に力をこめると、その瞬間、善七と甚五郎の鎖分銅が飛ぶ。

「あっ」

善七の鎖分銅はお松の細首に、甚五郎の鎖分銅はお鈴の右手首に絡みついた。

「大漁だぜっ」

卍四人衆は四本の死の鎖を、ぎりぎりと引き絞る。

3

「はっはっは。どうだい、卍十手の地獄鎖の味は」

「姉は得物を持った手を封じられ、妹は首を絞められる」

「哀れ双子死客人、箱根山中で人知れず骸《むくろ》となるか」

「くたばったら谷底に蹴落として、鳥獣の餌《えさ》にしてやるぜっ」

甚五郎たちは、得意満面で囃《はや》したてる。

と、苦悶していた——ように見えたお松が、いきなり前方へ飛んだ。

一気に距離を詰めて鎖が緩んだ瞬間に、二本とも簡単に外してしまう。そして、着地するや否や、薙鎌を左右に振るった。

「わっ」

「げぇっ」

善七は右肩を浅く割られ、三吉は頬を斜めに斬り裂かれる。お松は二人の喉笛を狙ったのだが、さすがに、善七たちは急所への攻撃だけは何とか、かわしたのである。

お鈴もまた、妹と同時に動いていた。息杖を久六に矢のように投げつけながら、甚五郎に向かって突進する。

甚五郎は、卍十手の棒身を咥《くわ》えると、それを抜き取った。その下から、槍穂のような鋭い細身の刃物が露出する。

体当たりしようとするお鈴の喉を狙って、さっと卍十手を横に振るった。が、その時、お鈴の姿が視界から消えていた。

「うっ」

野獣のような反射神経で、甚五郎は前のめりに転がった。身の軽いお鈴は跳び上がったのだ――と判断したのである。

高々と跳躍したお鈴は、直前まで甚五郎の頭部が存在した空間を、匕首で突いていた。ほんの少し、甚五郎の動きが遅れていたら、脳天を匕首で刺し貫かれて即死していたことだろう。

着地したお鈴は、素早く鎖分銅を外して、卍十手で息杖を払い落とした久六に匕首を振るった。

「ぎゃっ」

右の高腿《たかもも》を斬られた久六は、臀餅をついた。

さらに、お鈴が、起きあがりつつある甚五郎を刺殺しようとした――その刹那《せつな》、

「うっ⁉」

右の上膊部に熱い痛みを感じて、彼女はよろめいた。見ると、一寸半ほどの長さの吹矢が、着物の上から右腕に突き刺さっている。

右手の繁みの中に、伏兵がいたのだ。

お鈴は、そいつを抜き捨てて、

「お松っ」

そう叫んだだけで、彼女の意志は妹に通じた。

次の瞬間、お鈴とお松は蝶《ちょう》のように鮮やかに身を翻して、街道左手の篠竹の繁みへ飛びこむ。

「逃《のが》すなっ」

甚五郎たち三人も血相を変えて、篠竹の繁みの中へ突進した。

すると、右手の繁みの中から、長さ三尺ほどの吹矢筒を手にした男が出て来た。四茂松《よもまつ》という名である。吹矢遣いの四茂松は、久六を抱き起こして、

「しっかりしろ、久六っ」

「おお、平気だ、このくらいの傷……」

二人も、遅ればせながら繁みに分け入る。

深い林の奥で、双子姉妹と甚五郎たちが対峙していた。

「何が無敵必殺の卍四人衆だいっ」

お鈴に肩を貸したお松が、右手だけで薙鎌を構えて毒づく。

「四人と見せかけて、実は五人目を隠しておき、形勢が不利になると五人目が毒吹矢で仕留める——いかさまじゃないかっ」

すぐに吹矢は抜き捨てたものの、お鈴は、すでに自力では立つのが難しいほど毒に身体を侵《おか》されていた。

じわじわと霧が林の中に流れこんで来る。

「何とでも、ほざけ」と甚五郎。

「ここでお前たちの息の根を止めれば、卍四人衆の無敵必殺の伝説は、また守られるのさ」

「くそ……」

お松は歯噛みしたが、毒にやられた姉を抱えたままで、五人を相手に闘うのは不可能だ。しかも、一人は吹矢を使うのである。

「牝猫どもめ、この足のお礼をさせてもらうぜっ」

右足から出血しながら、久六は、鎖分銅をお松の額めがけて飛ばす。が、それよりも、わずかに早く、気力を振り絞ってお鈴が匕首を打っていた。

その匕首は、見事に久六の喉を貫く。厚唇の久六は、首の後ろから血を噴きながら、卍十手を持ったまま仰向けに倒れた。

そのため、鎖分銅は引き戻されて、お松は無事であった。

「様《ざま》ァ見やがれ…あたしの妹に手を出す奴は、みんなそうなるんだ……」

蒼白な顔に凄惨な嗤いを刻んで、お鈴は呟いた。

「姉さんっ」

お松は左腕で、きつく姉を抱きしめる。

「この腐れ阿魔《あま》！」

卍十手で斬りつけようとした善七に、

「待て、善の字っ」

甚五郎が制止する。

「手負いの獣物《けだもの》ほど危険なものはねえ。四茂松、面倒がないように動けなくしてやれ」

「へいっ」

四茂松は毒吹矢の筒を咥えて、お松に狙いをつける。

毒吹矢は、刃物と違って急所だけを狙う必要はなく、着物の上からでも威力があるのだから、機敏に動けぬお松たちが防ぐことは難しいだろう。

「お松……あたしを置いて、お前だけでも……」

「何を言うの、姉さん。姉さんを見捨てるくらいだったら、あたしは、生きたまま八つ裂きになった方がましよっ」

目に涙を滲ませて、お松は叫ぶ。

「とんだ愁嘆場《しゅうたんば》だな。お望み通り、吹矢で動けなくなったら、二人とも息のあるうちに一寸刻みの嬲《なぶ》り殺しにしてやるぜ」

甚五郎は、せせら嗤った。そして、筒の狙いを定めた四茂松が、鋭く息を吹きこんだ。

「ひゃあっ」

お松の斜め後ろにいた三吉が、間の抜けた悲鳴を上げた。その剝き出しの胸の真ん中に、毒吹矢が突き立ったからだ。抜くことも忘れて、啞然として吹矢を見つめる。

次の瞬間、ごぼごぼと口から黒い血を吐いて、三吉はぶっ倒れた。

「三吉っ！」

四茂松が射損じたのではない。毒吹矢が筒から飛び出す直前に、飛来した小石が筒にぶつかり、狙いが逸《そ》れたのである。

「だ、誰だ、石なんか投げやがったのはっ」

甚五郎たちは、小石の飛んできた方向を見る。

どろりと蟠《わだかま》る濃霧の奥から、長身瘦軀の人影が姿を現した。着流しに袖無し羽織という姿を見て、お松が、はっと息を吞《の》む。

「結城、嵐四郎……！」

力なく項垂《うなだ》れていたお鈴も、驚いて目を上げた。

「嵐四郎様……」

闇目付・結城嵐四郎は、ゆっくりと甚五郎たちを見回して、

「三島宿《みしま》の手前で、山中の一里塚のあたりで駕籠掻きが何者かに殴り倒されて駕籠と衣服を奪われたと聞き、気になって引き返して来たのだが……こちらの探す者とは違っていたようだ」

そして、双子死客人に目を留めると、

「久しぶりだな、お鈴」

「お目にかかれて……嬉しゅうございます」

力なく、お鈴は微笑む。お松は、むっとした顔で横を向いた。

「このド三一《サンピン》っ」善七が喚く。

「鈴虫松虫の仲間か、てめえはっ」

相棒の死で逆上した善七は、

「三吉の仇敵《かたき》だ、くたばれ！」

卍十手を構えて、軀ごと突きかかった。

嵐四郎は無造作にその突きをかわして、すれ違い様に大刀を抜く。右脇腹を断ち割られた善七は、腸《はらわた》と血を派手に撒き散らしながら、草の上に倒れた。

ひゅっと鋭く血振《ちぶり》した嵐四郎は、

「お松、ゆけ！」短く命じる。

「お前たちがいると、かえって足手まといだっ」

「……」

悔しそうな表情になったお松であったが、無言で姉を抱え直すと、霧の中へと逃げこむ。

それを目の隅で見ながら、甚五郎は厳しい表情で、卍十手の鎖分銅を回転させた。四茂松は新しい毒吹矢を装塡《そうてん》して、三尺の筒を構える。

二人は、少しずつ左右に離れてゆく。嵐四郎を基点としてV字型に展開し、甚五郎と四茂松が同時に仕掛けようという目論見《もくろみ》だ。

鎖分銅に対処している間に、左の胸に毒吹矢を受けるか。それとも、毒吹矢を払い落としている間に、鎖分銅に額を割られるか……。

杉の大木を背にして大刀を片手下段に構えた嵐四郎は、うっそりと立っている。左手は懐に入れていた。

目で合図をするまでもなく、甚五郎と四茂松は互いの呼吸を合わせて、同時に攻撃に出た。

甚五郎の鎖分銅を、嵐四郎はわずかに頭を傾けただけで、かわした。分銅は、背後の杉の幹に深々とめりこむ。

しかし、毒吹矢をかわす余裕はなかったはずだ——が、甚五郎も四茂松も、あっと驚愕した。

懐から出した嵐四郎の左手に、白扇が握られている。横向きになった白扇の骨に、毒吹矢は突き刺さっていたのだ。

白扇を捨てた嵐四郎は、鎖をつかむと、四茂松めがけて走り出した。

「わ、わわっ」

焦《あせ》った四茂松は、次の毒吹矢を筒に装塡しようとするが、手が震えて落としてしまう。それを拾うよりも早く、嵐四郎の大刀が、四茂松の頭頂部に振り下ろされていた。

頭から股間まで、真っ二つに斬り割られた吹矢遣いは、恐怖の表情を顔にこびりつかせたまま、右と左へ倒れた。

分銅鎖をつかまれているので、その間、甚五郎は攻撃できなかった。鎖分銅という武器は、こちらから絡みつかせたものなら甚五郎の方が有利なのだが、鎖をつかまれてしまうと、相手の方が有利なのである。

四茂松を斬った嵐四郎が自分の方へ向き直るのを見た甚五郎は、とっさに卍十手を捨てた。鎖をつかまれた卍十手にこだわると、かえって窮地に陥ると判断したのだ。

そして、素早く、草の中に落ちている久六の卍十手を拾う。

その時、

「――っ！」

霧の奥から女の悲鳴が聞こえた。続いて、何かが崖から落ちたような音がする。

嵐四郎の注意が一瞬だけ、そちらに逸《そ》れた。

その間に、甚五郎は姿を消していた。まともに嵐四郎とやり合っては勝ち目がない――とわかったのだろう。

濃霧の中を街道の方へ逃げる気配は感じたが、嵐四郎は追わなかった。大刀を懐紙で拭って鞘に納めると、お松の悲鳴が聞こえた方へと足を運ぶ。

「俺も甘くなったな……」

誰に聞かせるともなくそう呟いて、結城嵐四郎は片頬に苦っぽい笑いを浮かべた。

第六章　木乃伊《ミイラ》の叫び

1

六畳ほどの広さの板の間に、囲炉裏《いろり》が切ってある。

その板の間を鉤形に囲んで広い土間があり、土間の端に汲み置きの水を入れておく大きな瓶《かめ》があった。薪《たきぎ》も一山ほど積んである。

土地の者が薪をとりに山へ入った時の休憩用、もしくは緊急避難用の小屋であった。

囲炉裏では鉄瓶の湯が白い湯気を吹いて、その傍にお鈴が横たわっていた。眠っている彼女の額には、濡れ手拭いが載せられている。

帯を緩め、胸元もくつろげてあるので、こんもりと盛り上がったお鈴の白い乳房の一部が覗いている。

お鈴の枕元にはお松が座り、囲炉裏の反対側には結城嵐四郎がいて、囲炉裏に薪をくべていた。

嵐四郎は、霧で視界が妨げられて崖《がけ》から落ちた死客人姉妹を助けて、この薪小屋を見つけ、ここまで運んできたのである。幸いにも落ちたのが熊笹《くまざさ》の深い繁みだったので、それが緩《かん》衝材《しょうざい》の役目を果たしたらしく、二人は軽い打撲《だぼく》だけで済んだ。

それから、毒吹矢を受けたお鈴の右上膊部の傷を手当てして、嵐四郎が持っていた解毒剤を飲ませたのである。

着物の上から吹矢が刺さったために、塗布《とふ》されていた猛毒の大部分は、紬や肌襦袢に吸い取られたようであった。そうでなければ、お鈴は、卍四人衆の三吉のように血反吐《ちへど》をはいて即死していたに違いない。

お鈴には解毒剤と一緒に白湯《さゆ》を大量に飲ませて、その利尿作用により、たっぷりと小水を排泄させている。とりあえず毒素は体外へ出したはずだから、あとは本人の体力さえもてば、命は助かるだろう。

昏々《こんこん》と眠っているお鈴も妹のお松も、変装用の鍋墨は、きれいに拭き落としている。

「――なぜ」

そのお松が、長い沈黙に耐えかねたのか、苛々した口調で訊いた。

「なぜ、あたしたちを助ける？　何を企んでいるんだいっ」

「企みなどない」嵐四郎は大儀そうに言う。

「お前たちも知っての通り、俺は生かしておけぬ外道を退治する闇目付だ。今も、ある悪党の集団を追って東海道を上っている途中でな。卍四人衆の前でも言ったが、山中で駕籠が奪われた事件が、俺が追っている奴らの仕業ではないかと思い、確かめに来ただけだ。それで偶然にも、お前たちが囲まれているのに遭遇した——ただ、それだけのことだ」

「お前は、あたしたちを……いや、あたしを憎んでいるはずだ。あたしが、お前の女を張形《はりがた》で……」

あっと小さく叫んで、お松は壁際へ跳び、そこに立てかけてあった薙鎌を手にした。嵐四郎の軀から強烈な殺意が迸《ほとばし》って、お松の顔面を烈風のように打ったからである。

「今まで女は手にかけたことのない俺だが、あの時だけは——」

嵐四郎は、お松の方を見ようともせずに、ぱきっと枯れ枝をへし折った。そいつを火にくべる。

「お前を、八つ裂きにしてやろうと思った。が……」

昨年の晩夏——江戸では、連続辻斬《つじぎ》り事件が起こっていた。犠牲者は何の罪もない老若男女十三名、最年少は辻占煎餅《つじうらせんべい》売りをしていた九歳の少女という無惨さであった。

死番猿の依頼を受けた闇目付・嵐四郎は、夜鷹《よたか》に化けて接近してきたお鈴を捕らえて、女門も後門も犯し、すべてを白状させたのである。

事件の真相は、大身《たいしん》旗本の跡目争いによる辻斬り競争というもので、お鈴とお松は、その旗本に雇われた死客人だったのだ。

長男の代理がお松、次男の代理がお鈴で、辻斬り勝負の斬り殺した死体の数で後継者を決めるという無法の極み、悪鬼の知恵である。

その旗本屋敷に乗りこんだ嵐四郎が、お凜、庄太、それに大神の今日次の協力を得て、当主も長男次男も外道どもは皆、地獄送りにしてやった。その場から逃げ出した双子死客人以外は……。

死客人のような裏稼業に関わる女たちのほとんどがそうであるように、お鈴とお松の双子姉妹もまた、悲惨な人生を歩んできた。

生まれてすぐに親に捨てられた姉妹は、八歳の時から養父に凌辱され、毎日のように弄《もてあそ》ばれてきた。

あまりのひどさに我慢がならず、十歳の時に二人で養父を絞め殺して、行き倒れになりかかっていたところを、死客人の元締である敵薬の源兵衛に拾われたのである。

源兵衛は、容貌の優れた二人に死客人としての英才教育を施し、年頃になると自ら男の悦《よろこ》ばせ方を伝授した。こうして、美貌の双子死客人が誕生したのである。

しかし、天にも地にも二人が信じられるものは、お互いだけであった。だから、仕事のために何十人の男と寝ようとも、本当に快楽と安らぎを得られる相手もまた、お互いだけであった。

この姉妹の女女事《めめごと》――レズビアン関係を破壊したのが、結城嵐四郎なのである。嵐四郎に手荒く犯されたお鈴は、本当の女の喜悦に目覚めてしまったのだ。

激怒したお松は姉を潰《けが》された復讐として、老婆に化けて嵐四郎の愛人であるお凛を拉致した。そして、阿芙蓉《あふよう》入りの媚薬《びやく》を飲ませてお凛を夢現《ゆめうつつ》の状態にし、疑似男根である張形で手籠《てごめ》にしたのである。

それを知ったお鈴は、嵐四郎に事態を注進して、妹の命乞いをしたのだった。

「自分を斬って、妹の命だけは助けてくれ――とお鈴は俺に言ったよ。その心に免じて、お前を斬らなかったのだ」

「哀れみか。どぶ泥よりも汚い世界を這いずりまわってきた姉妹を哀れんで、情けをかけてやったというのかっ」

わざと挑発的な言い方をするお松の方へ、嵐四郎が振り向いた。片膝を立てて、脇に置いていた大刀を左手に握っている。

その眉宇《びう》には、冷たい殺気が漲《みなぎ》っていた。

「う……」

お松は薙鎌の刃を起こしたが、相手の眼光に射竦《いすく》められて、攻撃を仕掛けることができない。卍四人衆の何倍も、いや、何十倍も恐ろしい存在と相対しているのだと知った。恐怖のために四肢《しし》が硬直し、心の臓が喉元からせり上がりそうだ。

嵐四郎の大刀が鞘走り、裂帛《れっぱく》の気合とともに片手突きが繰り出される。お松はかわすことも出来ずに、絶望的に目を瞑《つぶ》った。

「………？」

軀のどこにも致命的な激痛を感じないので、お松は、ゆっくりと目を開く。嵐四郎の大刀は、彼女の左頰から一寸ほど脇の壁板に突き刺さっていた。

その刃を伝って、鮮血が鍔元《つばもと》まで流れ、そこから板の間に、ぽたりぽたりと滴り落ちている。その血は、壁板の向こう側から流れていた。

「退《の》け」

嵐四郎が短く命じる。お松が転がるように右へどくと、嵐四郎は大刀を壁板から引き抜いた。血脂にまみれた刃を懐紙で拭う。

よろめきながら、お松は立ち上がった。溶けたようになっている自分の膝を無言で叱咤《しった》して、無双窓から外を見てみる。

「あっ……！」

窓の下に、男の死骸が転がっていた。四茂松の矢筒を手にした、甚五郎である。懐からは、卍十手がこぼれ落ちそうになっていた。

甚五郎は、こっそりと小屋に忍び寄り、無双窓の隙間から毒吹矢をお松たちに射込もうとしていたのだろう。

これで、双子姉妹を抹殺するために江戸から追ってきた卍四人衆の五人は、全滅したわけだ。

「――お松」

刃を鞘に納めて、嵐四郎は、その大刀を腰に落とした。

「なぜ、元締を裏切って足抜けをした」

「……姉さんが、子供まで殺さなきゃいけない死客人稼業はもう厭《いや》だと言い出して……それで……」

お松は、ぼそぼそと力のない声で言う。

「そうか」

嵐四郎の表情が、少しだけ和《やわ》らいだようである。

「だったら、追っ手はいなくなったから、一安心だろう。上方《かみがた》でも京でも、好きな所へ行くがいい。そこから先が平穏な暮らしになるか血の池地獄へ逆戻りかは、お前たちの覚悟と運次第だ」

嵐四郎は土間に降りて、その隅に立てかけてあった鍬《くわ》を手にする。

「俺は、ホトケの始末をしてくる。お前は、姉を看《み》ていろ」

そう言い捨てて、嵐四郎は薪小屋を出て行った。

「………」

あとに残されたお松は、刃を起こした薙鎌を手にしたまま、ただ項垂《うなだ》れるばかりであった。

2

嵐四郎は、小屋から十間――十八メートルばかり離れたところに穴を掘り、甚五郎の死骸を埋めた。

それから、小屋まで戻り、外壁や地面に残された血痕を乾いた土と木の葉で隠すまで、二時間ほどかかった。濃霧のために空の明るさがはっきりしないが、そろそろ申《さる》の上刻《じょうこく》――午後四時すぎだろう。

小屋の中へ入ると、お鈴とお松が正座して彼を出迎え、頭を下げる。

「お疲れさまでございます」

用意してあった小盥《こだらい》の湯で、板の間の端に腰を下ろした嵐四郎の手足を、二人がかりで洗う。

「お鈴、起きてもよいのか」

「はい。おかげさまで、ひと眠りしたら毒が抜けたようでございます」

こぼれるような笑みを見せて、お鈴が言う。お松の方は顔を伏せていた。

「そうか。では、ここで別れよう。お前たちは一晩休むなり何なり、好きにするがいい」

そう言って立ち上がろうとした嵐四郎の袖を、お鈴が取って、

「嵐四郎様。妹が、お仕置していただきたいと申しております」

「仕置だと……」

「命を助けていただいたご恩返しと、何よりもお凜さんに無法を働いたお詫びに、まだ無垢《むく》の場所を嵐四郎様の逞しいもので犯していただきたいのだそうです」

仕事の遂行のために多くの男たちを相手にして来たお松だから、無垢の場所とは後ろの排泄孔のことであろう。前《さき》にも述べた通り、姉のお鈴は、すでに嵐四郎によって後門を蹂躙《じゆうりん》されている。

「お願いいたします。引き裂いて、抉《えぐ》って、お心のままにご存分に責め苛《さいな》んで、あたしを罰してくださいまし」

板の間に額をこすりつけて、お松は懇願する。お凜の時に一度、今度の卍四人衆で二度、合わせて三度命を助けられて、さすがにお松も強情の根が折れたのであろう。

嵐四郎は、じっとその姿を見下ろして、

「けじめをつけたい、というのか」

「はい……」

「よかろう」

嵐四郎は板の間に上がって、大刀と脇差を腰から抜いた。袖で包むようにして受け取ったお鈴とお松が、その大小を壁際に置く。

それから、帯を解き小袖を脱いで、白い肌襦袢姿になった。仁王立ちになった嵐四郎の前に、二人は跪《ひざまず》く。

墨流し染めの着流しの前を開いて、下帯に包まれた部分に接吻した。そして、下帯の右側から、黒ずんだ肉塊を露出させる。

「まあ……」

だらりと垂れ下がった男根のサイズは、初めて見るお松を驚かせるのに十分であった。

姉のお鈴が、それを両手で捧げ持つようにして、玉冠部に唇をつける。舌先で、ちろちろと先端の切れ目を舐めまわす。

お松は、重々しい玉袋を左手の掌で撫で回しながら、男根の根本を舐める。右手は嵐四郎の太腿を撫でまわしていた。

様々に唇と舌と指を使いながら、二人で嵐四郎の着物を脱がせて、全裸にする。

姉妹の巧みな口唇奉仕によって、嵐四郎のものは猛々《たけだけ》しくそそり立った。まさに、黒い肉の凶器である。

お鈴が、指もまわらぬほど太い茎部をこすり上げ、玉袋を舐めながら、

「お松、用意をなさい」

「は、はい……」

お松は羞じらいながら、肌襦袢を脱いだ。乳房は大きい方である。乳輪は茱萸《ぐみ》色をしていた。

腰には、下裳《したも》ではなく、何と緋縮緬《ひぢりめん》の下帯を締めている。幅が狭いので、秘裂を帯状に覆っている細い恥毛が、下帯の左右からはみ出していた。

「なるほど。御蔭詣りで男の形《なり》をする時は下帯まで締めると聞いたが、それか」

「お羞《はず》かしゅうございます」

男髷の美女が緋色の下帯をして羞恥《しゅうち》に身をくねらせる様《さま》は、倒錯的な味わいがある。

「では……」

下帯を取り去って仰向けになったお松は、揃えた両膝が乳房に密着するほど深く軀を折り曲げた。いわゆる屈曲位である。

赤みを帯びた局部の花弁が丸見えになっている。そこから蟻《あり》の門渡《とわた》りを経て、下の方に茶色っぽい窄《すぼ》まりがあった。女性の最大の羞恥の場所である後門だ。

お松は顔を背《そむ》けて、両手で臀の双丘をつかみ左右に広げる。排泄孔が口を開いて、内部の薄桃色をした直腸粘膜までが、男の目にさらけ出される。

「嵐四郎様、ご成敗を」とお鈴。

「うむ」

嵐四郎は、固く目を閉じているお松の前に膝をついた。右手で巨砲の根本を握ると、はち切れそうなほど丸々と膨れ上がっている玉冠部を、お松の後門にあてがう。

そして、彼女の希望通り、何の前戯もなく臀の孔を貫く。

「――――ィィっ!!」

言葉にならない絶叫が、お松の喉の奥から飛び出した。背骨が折れるのではないかと思われるほど、背中を反らせる。

予想していた痛みの十倍もの激痛が、頭の芯を直撃したのだ。

「耐えよ」

嵐四郎が厳《おごそ》かに言うと、お松は唇を噛んで、両手の指を床板に立てた。

その彼女の上に覆いかぶさって、嵐四郎は抽送を開始した。

長大な男根が、排泄器官に出没する。侵入時には、周囲の皮膚まで巻きこみ、後退した時には、めくれ返って引きずり出された内部粘膜が、まるで漏斗《ろうと》のように玉冠部に吸いついている。色合いからすると、朝顔の花のようでもあった。

「う、うう……」

お松は、床板を掻きむしって苦悶しながら、下半身を灼《や》くような激痛に耐える。

ついには、覆いかぶさっている嵐四郎の上体に両腕をまわすと、その広い背中に爪を立てた。爪先が背中にくいこんで、血が滲む。

「あ……！」

心配そうに見ていたお鈴が、あわてて、お松の手を引っぺがそうとすると、

「かまわぬ。そのままにしておけ」

嵐四郎が息も乱さずに言うと、背後の門への責めを続行する。

「嵐四郎様……」

非情な行為の中の男の優しさに気づいて、お鈴は目を潤ませた。そして、嵐四郎の背後にまわると、引き締まった臀の谷間に顔を埋める。後門にくちづけし、その内部にまで舌先をもぐりこませた。

突いて突いて突きまくり、責めて責めて責めまくる後門姦に、ついにクライマックスがやって来た。

巨砲がひときわ膨張し、その直後に、悍馬《かんば》のように身震いしながら熱い精を噴出する。暗黒の狭洞に白濁した激流が音を立てて流れこんだ。

汗まみれのお松の口から、貫通の時の絶叫とは別の種類の声が上がった。嵐四郎の巨砲は、さらに三度に分けて、精を注ぎこむ。

ややあって、嵐四郎がお松の口を吸ってやると、女は夢中で舌先を差し入れてくる。

二人の舌が絡み合い、互いの口腔を行き来した。そして、お松は嵐四郎の唾液を嚥下《えんか》する。

嵐四郎の臀部から顔を上げたお鈴は、感謝をこめて、お松の爪がつけた背中の傷に唇を這わせた。

腰を引いて軀を離そうとした嵐四郎に、

「いやっ」お松はしがみついた。

「もう少し、このままで……後生《ごしょう》です」

女の臀孔に硬度を保った男根を突き刺したままで、嵐四郎は苦笑いする。

「お前は男嫌いだと聞いたが」

「知らないっ」

お松は顔を真っ赤にして、そっぽを向いた。つい一刻ほど前まで嵐四郎に毒づいていた女とは、まるで別人のように可愛い仕草だ。

「それは、本当の男に出会ったことがなかったからですよ。嵐四郎様のような、本当の男に」

男の広い背中を唇で愛撫しながら、お鈴が言う。

「嵐四郎様……今、追っているのは、どんな奴らですの」

照れ隠しのように、お松が訊く。

「聖山教団という得体の知れぬ奴らだ」

左腕でお鈴を抱き寄せて双子姉妹を並べてから、嵐四郎は、事件の内容を簡単に説明してやった。

「富士講……」

「角行の十番目の弟子の星道……」

聞き終えた二人は、顔を見合わせた。

「どうかしたのか」

「嵐四郎様、お聞き下さい」とお鈴。

「三年前でしたか、あたしたちが仕事にした奴の中に、富士講の先達《せんだつ》で栄照《えいしょう》というのがおりました」

富士講のグループは江戸だけで八百八もあるということは前《さき》にも述べた。先達とは、そのグループのリーダーであり、毎年六月一日の山開きに富士に登る信者の旅の総責任者である。

信仰篤《あつ》い無私の人格者でなければ務まらず、富士講の先達を二代やると身上《しんじょう》が潰れる——といわれるくらい物入りでもあった。だが、中にはその信用の高さを利用して、娘を犯したり大金を騙し取ったりという悪事をなす者も、希《まれ》にいたのである。

お松が話を引き取って、

「あたしと姉が色仕掛けで油断させ、そいつの寝首を掻いたのですが……その栄照が閨話《ねやばなし》で言ったのでございます。富士講だの仙元大菩薩だの御身抜《おみぬき》だのと綺麗事《きれいごと》ばかり言うが、中にはひどい奴もいるのだ、と」

角行の十番目の弟子の星道は、師に続いて自分も即身入定しようとした。ところが、富士の七合五勺目で入定の成就《じょうじゅ》直前に、奇声を発して笑い出し、とんでもない事を叫んだ。何と「わしは仙元様と交わったぞ。仙元様は美形でおわした」と口走ったのだという。

「あまりにも罰当たりで冒瀆的《ぼうとくてき》だったので、見守っていた他の弟子たちが激怒し、よってたかって星道を打ち殺してしまったそうです。そして、密かに死体を始末して、世間には星道は入定の苦しさに負けて逃げ出したと説明したのだとか」

「なるほど……星道の名が富士講の正式な文書に残っていない理由は、それでわかった。その栄照という奴は、星道を開祖と奉ずる聖山教団のことは何か言わなかったか」

「申し訳ございません。そのことは何も」

お松が目を伏せる。お鈴が、その脇から、

「ただ、星道は富士の麓にある御倉《みくら》村の出とか」

「うむ。それは何かの手がかりになりそうだ。二人とも、礼を言うぞ」

高田富士で入手した奇怪な〈聖石〉を持った聖山教団鉄士隊の目的地は、富士の御倉村かも知れない……。

勢いを得た嵐四郎が、合体を解いて起き上がろうとすると、お鈴とお松の姉妹が、そっと抱きついて、

「嵐四郎様、もう一度だけ」

「今度は、二人一緒に可愛がってくださいまし……」

蕩《とろ》けるような甘声の二重唱《デュエット》で囁《ささや》く。

3

夕暮れ時の上野広小路《うえのひろこうじ》は、ようやく暑さが和《やわ》らいで、不忍池《しのばずのいけ》を渡る風が通りをゆく者の襟足を撫でてゆく。

涼を求めて繰り出してきた人々を目当てに、広小路の両側には様々な屋台が肩を寄せ合って並んでいた。

若い衆姿のお凜は、その中の田楽屋《でんがくや》の前にいて、青竹の串に差した田楽豆腐を頬張っていた。

「お、ほほ、ふっ……夏場に熱い田楽を喰うのも、へへ、悪くねえな」

田楽といっても煮込みではなく、焼いて木の芽味噌をつけて食べる京大坂風のものであった。

片肌脱ぎになり、捻り鉢巻きで田楽を焼いていた親爺が、

「兄さん、気持ちの良い喰いっぷりだねえ。どうだい、もう一本」

「もらおうか、たっぷり味噌をつけてくんな。む……は、つぅ、い、な」

その時、

「あっ、見つけた、お凜姐御っ」

人混みの中から飛び出した泣きべその庄太が、お凜の背中を叩いた。

「わひひひ、お、ひィっ！」

焼き田楽を丸ごと飲みこんでしまったお凜は、拳で胸を叩いて悶え苦しむ。

庄太は、あわてて、隣の冷水《ひやみず》売りから砂糖入りの水を買った。それを茶碗で一気飲みしたお凜は、ようやく人心地ついたようであった。

「大丈夫かい、姐御…じゃなかった、兄ィ」

「殺す気かっ」

お凜は、平手で庄太の月代をひっぱたいた。

「おお、熱かった。おめえがいきなり背中を叩くから、俺ら、口から喉から胃袋まで火傷しちまったじゃねえか」

「すんません」

ぺこりと頭を下げた庄太が、

「でも、大変なことがわかったんだもの。早く知らせようと思って」

「大変？　彫勘の居場所でもわかったってのか」

「いや、それどころか……」

庄太は空いた茶碗を冷水売りに返すと、お凜の袖を引っ張って、掛け茶屋の葦簀《よしず》の蔭に連れてゆく。庄太は声を潜めて、

「彫勘の家で会った伊奈蔵の乾分ですがね」

「ああ、あの悪党面の三人か」

すると庄太は、さらに声を潜めて、

「殺されましたぜ、三人とも」

「何だとっ」

さすがに、お凜は仰天する。

「ホトケが発見される前に、小山のように大きな黒装束の行者が、あの家から出てくるのを近所の者が見てます」

「黒行者が……伊奈蔵の乾分を皆殺しにした……何のために……」

「もっと驚くことがありますよ」

周囲を見回してから、庄太は、ますます声を潜めて、

「彫勘の野郎は、黒行者たちに攫《さら》われたようです」

「何だ、そりゃあ?」

お凜は思わず、肥満体の若者の襟を締め上げた。

「く、苦しいよ、兄ィ」

「お、悪かったな。で、どういうことなんだ」

「へい。早耳屋の牛松に聞き質《ただ》したら、今になって、江戸を発った黒行者たちの中に、福助頭の小男がいたって言い出したんです。つまりは、彫勘は三日前から江戸にいないわけで、道理で捜しても捜しても見つからないわけですね」

「くそ。それが最初からわかってたら、俺ら、嵐四郎様と一緒に旅に出られたものを……あれ、待てよ。すると、伊奈蔵の乾分どもが殺されたのは……」

「彫勘の行方を嗅ぎ廻る奴を、江戸に残った黒行者が始末したんでしょう」

「じゃあ、もしも、あのまんま彫勘の家にいたら……」

「小山のような黒行者に殺されたのは……俺たちだったでしょうねえ」

二人は顔を見合わせる。急に汗が引っこんで、別の種類の汗が出て来たような気分だ。

「——よしっ」

いきなり、お凜が自分の膝を叩いた。

「ど、どうしたんです、兄ィ」

「庄太よ。俺ら、行くぜ」

お凜は目を輝かせて、

「嵐四郎様を追っかけて、彫勘の一件をお知らせしねえと、な！」

4

「大体じゃ。どうして我らが、あんな男の言いなりに動かねばならんのだ。仮にも五万八千石の大名家で禄《ろく》をはむ我らが、一介の浪人者に指図されるなど、おかしいではないか」

「よせ、太田《おおた》。声が大きいと言うに」

「お主、場所を考えろ」

「声が大きいのは生まれつきだっ」

顔を真っ赤にして怒鳴っているのは、関宿藩士の太田伝兵衛《でんべえ》という者。なだめているのは、同輩の堀荘左衛門《ほりそうざえもん》と井上文蔵《いのうえぶんぞう》で、皆二十代半ばであった。

彼らは、藩主・久世大和守の命を受け、多くの藩士たちを殺傷した聖山教団鉄士隊を江戸から追ってきたのだ。その一行は、犬丸夜九郎を頭に総勢十四名である。

三人が飲んでいるのは、東海道沼津宿《ぬまづ》——沼津藩の城下町にある居酒屋だ。

沼津は元は天領であったが、安永六年に水野忠友《みずのただとも》が初代藩主となって、二万石で沼津藩が成立。以後、何度か加増されて、今は五万石である。小藩だが、現藩主の水野出羽守忠成《でわのかみただあきら》は老中筆頭の地位にあり、将軍家斉の寵臣《ちょうしん》だった。

人口が五千三百余、惣家数千二百軒以上と規模こそ東海道でも中の上くらいだが、駿河湾《するが》に面した豊かな宿駅であった。

箱根峠に卍四人衆が倒れた日の夜である。

「そろそろ宿に帰らんと、まずいだろう」

「やれやれ、こいつはこんなに酒癖が悪かったのか」

持て余した井上文蔵が溜息をつくと、

「酒癖が悪いとは何だァ！」

文蔵の腕を払った太田伝兵衛は、バランスを崩して後ろへよろけ、土間の隅の卓に突き当たった。

その卓で飲んでいた若い渡世人は、銚子と猪口を手にして突き当たられる直前に、ひょいと脇へどいた。

伝兵衛は、卓ごと土間に転がり、名物の海豚《いるか》の味噌煮の汁を頭からかぶってしまう。

「な、何をするか、無礼者っ」

味噌煮の汁が目に入った伝兵衛が、顔をこすりながら喚《わめ》いた。

「無礼は、そちらの方でございましょう。おい、親爺。肴《さかな》の代金は、こちらのお武家につけてくれよ。俺は、酒の代金しか払わねえからな」

素っとぼけたことを言い放ったのは、賞金稼ぎ・木曾狼こと大神の今日次である。

「此奴《こやつ》、無宿者の分際でっ」

「我らを関宿藩士と知って愚弄《ぐろう》する気かっ」

文蔵と荘左衛門も激怒して、大刀の柄に手をかける。その瞬間、今日次の手から銚子と猪口が飛んでいた。それらは、二人の関宿藩士の額に命中して、粉々になる。

あっと二人が怯《ひる》むと、今日次の左手が閃いて、長脇差《ながどす》の銀光が三人の頭上に舞い踊った。

ぽとり、と足下に落ちたのは、各自の髻《もとどり》である。

「ああっ」

落武者のようなざんばら髪になった三人は、酔いも忘れて蒼白になった。あわてて髻を拾って、元通りにくっつけようと無駄な努力をする。

主持ちの武士にとって、髷を結えないというのは最も重大な非礼であり、出仕することも人前に出ることも出来なくなるのだ。そのため、老齢で髪が薄くなった武士は付け髷をしていたくらいである。

「親爺、酒の代金もお武家に貰ってくれ」

納刀して、そう言い捨てた今日次は、黒繻子の合羽と一文字笠を手にして、居酒屋を出た。

文蔵たちは、今日次の腕前に恐怖したらしく、追ってはこない。

「ちっ。沼津くんだりまで来たというのに、賞金首の羽根虫の善兵衛の行方はつかめねえし、酒を飲んでいたら間抜けな侍に突っかかられるし……厄日かな、今日は」

人けのない夜の通りに立ち止まった今日次は、

「さて。そろそろ、どっかの飯盛旅籠《めしもりはたご》にでも潜りこむとするか」

遠くの看板提灯を見つめていると、

「――もし、親分さん」

遠慮がちに彼を呼ぶ声があった。

「ん？」

声のした方へ振り向くと、路地の奥から小柄な男が顔を出して、

「三人のお武家を子供のようにあしらった見事なお手並み、拝見しました。どうでございましょう、わたくしのお願いを聞きとどけていただけませんでしょうか」

「おめえさんは」

今日次は、その小男を上から下まで、じっくりと観察する。庶民の願いをかなえるといわれる福の神人形みたいに、頭の鉢が大きい。旅支度をしていた。年齢は四十前というところか。

「これはどうも。わたくしは、江戸の尾張町《おわりちょう》で小さな唐物屋《とうぶつや》を営む渡海屋《とかいや》勘兵衛《かんべえ》と申します」

「唐物屋のご主人ですかい」

「はい」

勘兵衛は亀の子のように首を伸ばして、不安そうに周囲を見回すと、

「親分さん、こちらへおいでを」

「親分なんぞと呼ばれるほどの貫禄じゃねえ。今日次と呼んでおくんなせえ」

「では、今日次さん。こちらへ――」

路地を抜けると別の通りに出た。その通りに面して、広い材木置き場がある。勘兵衛は、斜めに立てかけた角材の蔭に佇《たたず》むと、

「実は、わたくし、名護屋《なごや》で唐物の買い付けをした帰りでございますが、鏡の入札の時に争った相手に恨まれて、命を狙われております」

「命をねえ。たかが鏡の一枚で」

「いえ、これがただの鏡じゃありません」

懐から手拭いに包んだ木箱を取り出すと、

「五十両で落札した唐渡りの魔鏡でございます。それも、大きな声では申せませんが、淀君《よどぎみ》が愛用した品ということで」

木箱の蓋《ふた》を開けて、古ぼけた青銅製の携帯用鏡を見せる。

「大坂城落城の日である五月の七日に、この鏡で陽の光を壁か襖に反射させると、尊い仏様の姿が浮かび出すといわれております」

「へえ、仏様の姿がねえ……で、俺にその魔鏡とやらを買えとでもいうんですかい」

「いえいえ、違います。先ほども申し上げましたように、この鏡を欲しがっている和泉屋《いずみや》という者の手先に、わたくしは何度も殺されそうになりました。藤川《ふじかわ》では宿で深夜に何者かに絞め殺されそうになるし、袋井《ふくろい》では暴走してきた馬に蹴られそうになり、丸子《まりこ》ではどこからともなく矢が飛んできて、由比《ゆい》では食事に毒まで盛られました。今まで生き延びて来られたのが、不思議なくらいで……」

「ふうむ」

「ですが、命を狙われる原因が豊太閤《ほうたいこう》に関わる品物ですから、うっかり、お役人に訴え出ることもできません。それで、腕の立つ今日次さんに、わたくしの用心棒になっていただきたいので」

袂《たもと》から取り出した紙に包んだものを、今日次の前で開く。常夜燈に照らし出されて、五枚の小判がきらりと光った。それを見た今日次の目もまた、きらりと光る。

「これは手付けでございます。江戸まで無事に送り届けていただければ、後金で十両——いかがでしょうか。無論、旅の経費《かかり》は全額、わたくしが負担いたします」

「合計、十五両か。悪くねえ仕事だ」

五両を受け取った今日次は、白い歯を見せて、にんまりと笑う。勘兵衛も、つられて笑顔になった。

「——お前さんの話が本当ならね」

「何ですって」

今日次の顔から笑みが消えて、

「その右手の指の胼胝《たこ》が気にかかる。商人《あきんど》の手じゃねえ、それは職人の手だ。何の稼業かまではわからねえが」

「それは……」

「しかも、お前さんを狙っているのは、唐物屋に雇われた殺し屋なんかじゃあるめえ。もっと手強い…」

言葉を切った今日次は、黒繻子合羽を翻して振り向き様に、長脇差を鞘走らせた。鋭い金属音がして、火花が散り、三角錐の形の鉄礫が地面に落ちる。

いつの間にか、積み上げた材木の上に一人、通りに一人、材木置き場の奥に一人と、黒ずくめの行者装束の者が立っていた。

「ひっ」

勘兵衛は身を縮めて、角材にしがみついた。

「勘五郎、もう観念せよ」

「我ら聖山教団鉄士隊から、逃《のが》れる術《すべ》はないぞ」

「すでに、礼金の五十両は払ったではないか。黙って我らに同道するのだ」

黒行者たちが口々に言う。

「おい」

今日次は小男を背中で庇《かば》うようにして、

「勘兵衛だか勘五郎だか知らねえが、名前も事情も、どうでもいい。礼金を三十両とはずんでくれたら、こいつらを追っ払ってやるぜ。どうだ」

「払います。三十両払いますから、助けてくだせえ、今日次親分っ」

彫物師の勘五郎は、今日次に泣きついた。

「五十両につられて沼津まで来たものの、どうにも気味の悪い奴らで、あっしに何をさせようというのか……だから、隙を見て逃げ出して来たんですよっ！」

「よし。木曾狼こと大神の今日次が、確かにお前さんの身柄を引き受けたぜ」

五両の手付け金を懐にねじこみながら、今日次が獰猛《どうもう》なほどの嗤《わら》いを見せる。

「たわけっ」

「仙元大菩薩の天罰を畏《おそ》れぬかっ」

三人の黒行者が三角礫を放つ。今日次は、地面を転がって、それをかわした。

そして起き上がると、大通りの奴めがけて走る。そいつは、懐に右手を入れて、掌刃を取り出した。

その肉厚の武器を見た今日次は、地べたに貼りつくように身を屈《かが》めると、股間から斜めに斬り上げる。

「うわっ」

左足を付根から斬り割られた黒行者は、仰向けに倒れた。

左の鎖籠手のことは知らない今日次であったが、防御には適さない武器の特徴からして、上半身には何らかの防御手段を講じてあるはずと考え、とっさに下半身を攻撃したのである。

大動脈から夥《おびただ》しく出血するそいつを後目《しりめ》に、今日次は、積み上げてある材木の方へ走った。

材木の上にいた奴は、怪鳥《けちょう》のように跳躍して、今日次に襲いかかった。右手に握った掌刃を、今日次の頭部めがけて振り下ろす。

それを長脇差で受け止めたら、間違いなく刃が折れてしまうだろう。斬り払おうとすれば、左の鎖籠手で受け止められる。

だから今日次は、別の手をとった。逆手の長脇差を素早く順手に持ち替えると、両手で突き上げたのである。

「ぐえっ」

その黒行者は、空中で串刺しになった。掌刃と鎖籠手の最大の弱点は、諸手《もろて》突きなのである。

胸の真ん中を貫いた奴を地面に放り出すと、今日次は最後の黒行者の方へ向き直った。その瞬間、立てかけられていた角材が、雪崩《なだれ》のように彼の方へ倒れてくる。

「わっ」

そいつの下敷きになったら、生きた人間も煎餅《せんべい》のように平たくなってしまうだろう。今日次は形振《なりふ》り構わずに地面を転がって、地響きを立てて崩れる角材の群れから逃れた。

やっと立ち上がると、角材を押し倒した黒行者も勘五郎の姿も、どこにもない。

「しまった、金蔓《かねづる》が連れ去られたか」

こうなったら、最初に斬った黒行者の息のある内に、聖山教団とやらの巣を白状させねばなるまい。

大通りの方を向いた今日次は、

「うっ」

瀕死《ひんし》の黒行者の向こうに、袴姿の兵法者が立っているのを見た。そいつがただ者でないことは、圧倒的な闘気を放っていることで、わかる。

「なかなかの腕だな」犬丸夜九郎が言う。

「だが、この黒行者には、わしも訊きたいことがある。お前は去れ」

「そうはいきませんぜ、ご浪人。その野郎は二十五両の価値があるんでね」

軽口を叩きながら、今日次は背中を冷たい汗が流れるのを感じた。この兵法者は、ひょっとしたら、江戸で出会った結城嵐四郎と同じくらい強いのではないか……。

「お前は、居酒屋で関宿藩の役立たずどもの髷を斬った男だろう。今度は、自分が髷の台を斬られてみるか」

夜九郎は大刀を抜き放った。〈髷の台〉とは無論、首のことである。

「やってみなせえ」

半身になった今日次は、長脇差を左の逆手に構え直す。心の臓の鼓動が、耳元で祭り太鼓のように高鳴った。

夜九郎の両眼に、冷たい殺気が灯《とも》る。

その時、出血多量で倒れている黒行者が、口に何かを咥えた。

「あっ」

犬丸夜九郎が制止するよりも早く、そいつは、顔面を地面に叩きつけるようにする。

爆発音とともに、そいつの頭部が半ば吹っ飛んだ。自殺用の破裂玉であろう。

袴の裾に、異臭を放って粘《ねば》る脳漿《のうしょう》と血と頭蓋骨の欠片《かけら》を浴びた夜九郎は、

「これはたまらん。宿で洗わねば」

うんざりした表情で、大刀を鞘に納める。

「おい、渡世人。しばらく、お前の命は預けておく。大事に使えよ」

そう言い捨てて、犬丸夜九郎は大通りを歩き去る。

「……………」

今日次は、吐息を洩らした。長脇差を鞘に納めると、自分の膝が震えているのに気づいて、苦笑する。

「やれやれ、三十両を稼ぐのも楽じゃねえな」

もう一度、深々と溜息をつくと、手がかりを探すために、黒行者の死骸に近づいて行った。

五両の手付けを受け取った以上、勘五郎を奴らの手から救出しなければ、大神の今日次の名が廃《すた》るからだ。

第七章　神君《しんくん》朱印状

1

「うわァァっ！」

廃屋になっている茶屋の奥から、黒行者が飛び出してきた。

沼津宿で大神の今日次が命拾いした翌日——その深夜だ。

そいつの後から、これも黒行者が二人、転げるようにして出てくる。三人とも、血相を変えていた。

彼らが振り向くと、その廃屋から、深夜の闇を引き裂くように幾条もの明るい光が洩れている。

いや、明るいなどというものではなかった。油でも蠟燭《ろうそく》の火でも、篝火《かがりび》でもない。西洋ランプでもない。

ぎらぎらと眩しすぎるほど強烈な白光であった。稲妻の光を束にして、永続的にすれば、このような明るさになるのではないか。この時代には有りうべからざる光である。

その白光の中から、よろめき出て来たのは、これも二人の黒行者。

先に出て来た一人は、ばったりと俯せに倒れた。そして、後から出てきた黒行者は、左腕の付根を右手でつかみ、軀から遠ざけるような仕草をしている。

「熱い…熱いのだ……頼む、何とかしてくれっ」

だが、仲間の黒行者たちは、怯えきった表情で後ずさりするだけだ。

と、左籠手の下から、ぶすぶすと燻《いぶ》って煙が上がり始めた。その黒行者は悲鳴を上げながら、あわてて懐の中から掌刃をつかみ出す。

しかし、その刃で己れの腕を斬り落とすよりも早く、ぼっと音を立てて左腕が燃え上がった。奇っ怪なことに、表面ではなく、腕の中心部から外へ向かって炎が噴き出しているのだ。

「い、厭《いや》だァァァっ！」

そいつは絶叫しながら、掌刃を自分の首筋に叩きこんだ。恐るべき精神力で、二度、三度と叩きこんで首を割る。

ついに夥《おびただ》しい血を振り撒きながら、皮一枚で残った頭部と一緒に、そいつの胴体は横倒しになる。その全身が、見る間に燃え上がった。

この黒行者は、生きながら軀の内側から人間松明にされる苦痛と恐怖よりも、自力で首を切断する方を選んだのであろう。

「酷《むご》い……」

何の手助けも出来なかった三人の黒行者の一人――最も早く茶屋から飛び出して来た黒星《こくせい》が、呟く。

すると、先に俯せに倒れていた方が、むっくりと軀を起こした。黒星たちは、ぎょっとして、そいつの方を見る。

両膝を地面につけた姿勢で軀を立てた黒行者は、口を半開きにして、ぼんやりと虚空を眺めていた。そのまま、動かない。

三人は顔を見合わせた。黒星が、おそるおそる膝立ちしたままの仲間に近づいて、

「おい、しっかりしろ」

そう言って、肩に手をかけた――その瞬間、ぱんっと鋭い破裂音がした。

そいつの腹から胸にかけて、熟れすぎた通草《あけび》の実のように真一文字に弾けて、中から腸《はらわた》が勢いよく飛び出したのだ。

その腸は、炭のように真っ赤に燃えながら、扇状に周囲に飛び散る。

手をかけた黒星は、反射的に飛び退《の》いた。

さらに、そいつは、両眼と両耳と二つの鼻孔と口から白い炎を噴いて、仰向けに倒れた。

瞬く間に全身が燃え出して、すぐに一握りほどの灰になってしまう。

その時には、当然、左腕から発火した男も灰になっていた。廃屋の内部から洩れる白光は、かなり弱くなっている。

「お、恐ろしい……これが仙元大菩薩の霊力か」

一部始終を目撃した三人の黒行者は、水を浴びたように、どっぷりと全身が汗で濡れている。

「だが……ひとまずは、落ち着いたようだ。様子を見に行こう」

聖山教団鉄士隊隊長の黒星が言うと、緑星《りょくせい》と紺星《こんせい》が眉をひそめて、

「しかし……」

消極的な反対の態度を示す。

「馬鹿者、ここに朝まで突っ立っている気か。我らの使命を何と心得るっ」

黒星は、背中に緊張を漲らせながらも茶屋の中へ入っていく。二人は、諦めたように、その後に続いた。

その茶屋があるのは、富士山の南側、勢子辻《せこつじ》の近くであった。脇街道を通る旅人が減少し

たのか、それとも主人がいなくなったのか、とにかく今では無住で荒れ果てた廃屋である。

縁台《えんだい》の並ぶ土間を通り抜けた黒行者たちは、草鞋履きのまま奥の座敷へ上がった。

そこに、行者の背負い箱である笈《おい》が置かれている。笈の隙間から洩れる白い光は、陽光と同じくらいの明るさになっていた。

「………」

先頭の黒星が意を決した表情で、笈の上の肩箱に手をかけた。それを外して、笈の中を見る。

蹴鞠《けまり》ほどの大きさの黒砡《こくぼく》があり、その亀裂から白い光が洩れていた。江戸の高田富士で見つかった〈聖石〉である。

「不思議なものだ。この光が強くなると、近くにいる人間を軀の芯から燃やしてしまうくせに、笈には焦げ跡もつかぬとは……」

痩せた紺星が首をひねる。

「その理に合わぬところが、霊力というものだろう」

「うむ……」

「しかし、どうする。ようやく江戸からここまで運んで来たが、これでは危なくて動かせぬ。背負って歩いている最中に、また発動して光が強くなったら……二人の死に様《しざま》を見たろう。

逃げる暇もないぞ」

笈を開けた黒星は、しばし考えこんでいたが、

「——生娘《きむすめ》だ」

ぽつりと言う。

「生娘の血が必要なのだ」

「血……?」

「この聖石を目覚めさせるために、三夜で三人の生娘の血を捧げる必要があった。つまり、生娘の血を吸わせることによって、聖石は、目覚めもすれば安定もするのだと思う。光の発動は、腹を減らした赤子《あかご》の泣き声のようなものではあるまいか」

「血を吸って……血吸石《ちすいいし》というわけですか」

「それでは、まるで……」

気まぐれに発動して信者である黒行者たちまでも焼き尽くし、貪欲に生娘の血を求める石——それは聖石というより、〈魔石〉と呼ぶべきではないだろうか。

「我らの使命は、この聖石を星心様のもとへ運ぶことだ。それ以外の余計なことは考えるなっ」

「はあ……」緑星は頷いて、

「で、どうします？」

「知れたことよ」と黒星が言う。

「もうすぐ、褐星《かっせい》と朱星も追いつこう。我らで何としても、正真正銘の生娘を手に入れるのだ！」

2

吉原《よしわら》宿から足高山《あしたかやま》の山裾を通って大淵《おおふち》に至る脇街道を、大淵街道と呼ぶ。

翌日の早朝——ようやく朝靄《あさもや》の薄れた人けのない大淵街道を、北へ向かって歩く若い娘がいた。大淵の西側にある桐生《きりゅう》村の百姓の娘で、お沢《さわ》という。

お沢の姉のお清《きよ》が、吉原宿の桶屋《おけや》の嫁になっている。その嫁ぎ先へ、村でとれた桃を届けたお沢は、義兄に勧められるままに一泊させてもらい、土産《みやげ》の魚まで貰って、今、家路についているのだった。

ちりん、ちりりん……と息杖の先で鳴っているのは、熊避けの一対の鈴である。雄熊が一年で最も凶暴になる交尾期は、そろそろ終わる頃だが、熊と人間、お互いに出会わぬにこしたことはない。

小麦色に日焼けしたお沢は、今年で十四。ふっくらとした、やさしい顔立ちの娘である。手拭いを姉《あね》さん被《かぶ》りにした富士額には、早くも汗がにじみだしていた。今日も暑くなるのであろう。

「――あれ？」

お沢は足を止めた。

街道の右側に、橅《ぶな》の大木がある。灰白色の幹の直径は六尺余り、高さは八十尺もあろうか。

その橅の木の前の路上に、七寸ほどの大きさの小芥子《こけし》が立っているのだ。

これが、ただ転がっているのなら、誰かが落としたのか、近くの村の子供が忘れていったのだとも考えられる。

だが、その小芥子は直立し、まるで待ち伏せしていたかのように、顔をまっすぐにお沢へと向けているのだ。お沢は、その小芥子の細い目が、自分を見つめているように思えてならない。

と、その小芥子が、ひょいと右へ傾いた。

「！」

三十度ほど傾いたが、小芥子は倒れない。思わず、お沢は目を丸くして、その小芥子を見つめてしまう。

すると、小芥子は元の直立に戻り、さらに左へ傾いた。注視しているお沢の頭も、自然と左へ傾いてしまう。

また、小芥子は直立に戻った。お沢の頭も、まっすぐになった。

そして、小芥子は、ぴょんっと空中に七尺ほど跳び上がる。お沢は、顎を上げて小芥子を見上げた。

小芥子は、ぱしっと空中で真っ二つに割れた。中から飛び出した雀《すずめ》が、あわてて西の空へ飛んでゆく。

それを見送ったお沢は、そのまま意識が遠くなって、真後ろへ倒れる。

そのままならば、娘は後頭部を地面に打ちつけて怪我をしたかも知れない。が、お沢の軀は、いつの間にか後ろに立っていた大男によって抱きとめられた。聖山教団鉄士隊の一人、褐星である。

そして、その両側に、二人の黒行者が立っていた。左が昨夜、廃屋から飛び出した黒星、右側が緑星であった。

「おい」

黒星が顎をしゃくると、街道の左側の繁みの中から、小柄な黒行者が飛び出して来た。結城嵐四郎に女門と後門を犯された、女黒行者の朱星である。

「確かめてみぃ」

長錣頭巾の奥から、黒星がそう言った。どこか、ぞんざいな口調である。

「はっ」

朱星は、意識を失っているお沢の前に膝をつくと、右手の中指を己れの唾液で濡らした。そして、絣《かすり》の着物の裾を割って、右手を太腿の奥へと滑りこませる。中指は、女の花園へと達し、さらに奥へと進んだ。

「ん……」

朱星は短く頷いた。

「おお、生娘かっ」

「男知らずに間違いございません」

処女膜のチェックをした右手を娘の股間から抜いて、朱星は、左手の手拭いで指先を拭う。

「やれやれ。真夜中から探し始めて、五人目でようやく当たり籤《くじ》かい」

橅の木の葉の生い茂る太い枝の奥から、声がした。その枝の真下に、二つに割れた小芥子が重力を断ち切ったかのように宙に浮いている。

葉の間から顔を出したのは、痩せた黒行者の紺星だった。

紺星が右腕を一回転させると、宙に浮いていた小芥子が、彼の右手の中へ飛びこむ。

この小芥子は、ごく細い黒の絹糸によって、紺星の右手の指に結びつけられていたのだ。

つまりは、お沢に催眠術をかけるための操り人形だったのである。

紺星は軽々と地面に飛び降りて、

「まったく、近頃の娘っ子ときたら……わしゃあ、生娘を見つけるのに明日までかかるかと思ったぞい」

そうぼやきながら、二つ割りの小芥子を懐に納める。

「――その娘を何とする」

いきなり、声がかかった。その場にいる五人と一人以外の声だ。

「何者じゃっ」

黒星たちは、慌《あわ》ただしく周囲を見回す。

「お、あそこだっ」

緑星が指さしたのは、紺星が潜んでいた枝の、さらに四尺ほど上の枝であった。そこから、音もなく地面に飛び降りてきた者は、

「ゆ…結城嵐四郎!」

五人の黒行者は愕然とした。

江戸で五人の仲間を斬った最大の敵が、突然、鉄士隊の前に出現したのである。

「昨夜は、熊避けのために木の上で野宿していたのだが……お前たちに会うことが出来たとはな。どうやら、俺には鬼神の加護があったらしい」

嵐四郎は端正な顔に、不敵な嗤いを浮かべる。彼は、聖山教団の始祖である星道の生まれ故郷、御倉村を訪ねる途中なのであった。

「言うなっ」

最も近くにいた紺星が右手に掌刃を構えて、嵐四郎に襲いかかった。

わずかに腰をひねった嵐四郎の脇を、紺星が通り過ぎる。足を止めた紺星の軀から、どさっと地面に首が落ちた。

そして、頸部の切断面から、ぴゅっぴゅっ……と血柱を噴きつつ胴体の方が倒れる。その懐から、先ほどの小芥子が転げ落ちた。

嵐四郎は、右手に持っていた大刀を血振した。

「お前たちは、高田富士や目黒富士の時と同じように、その娘を得体の知れぬ化物石の生贄にするつもりだろうが……断じて、この俺が許さぬ」

高田富士でお春という娘を救えなかったという嵐四郎の無念さが、怒りが、切れ長の双眸《そうぼう》に青白い焔《ほのお》を宿らせていた。

その気魄《きはく》に圧倒されて、思わず四人の黒行者たちは後ずさりしたが、

「むむ……」

「褐星、娘を連れてゆけっ！」

黒星がそう叫んで、三角礫を放った。嵐四郎は、苦もなく大刀の峰で弾き落とす。

その間に、お沢を左肩に担いだ褐星は、街道の右側の林へ飛びこんだ。東へ向かって、走り出す。

右手に大刀を肩に担ぐようにした嵐四郎が、その跡を追おうとして林の中に入ると、黒星、緑星、朱星の三人が彼を等間隔で取り囲んだ。

「三方向から三角礫を打つのだ。同時に打てば、いかなる兵法者とてかわし切れぬはず……それ！」

黒星の号令によって、他の二人も三角礫を放った。嵐四郎の正面、右斜め後ろ、左斜め後ろの三方向から、鉄の三角礫が空を裂いて飛来する。

扇を広げたような角度で二方向から飛んでくる武器に対しては、手練《てだれ》者と呼ばれるレベルの剣士ならば対処できるであろう。しかし、同じタイミングで残りの方向から飛んでくる武器には対処できるはずがない。

嵐四郎の大刀が閃いた。

正面の黒星からの三角礫を弾き落とし、手首を返して右斜め後ろへ軀を向けつつ、緑星の方から飛来した三角礫も叩き落とす。が、左斜め後ろへ振り向いて、朱星が放った三角礫を落とす時間的余裕は全くない。

「あっ」

朱星が小さく叫んだ。自分の目で見たものが信じられないという驚きが、叫び声となって口から飛び出してしまったのである。

嵐四郎は、右斜め後ろに軀を開いたままであった。だが、朱星の三角礫は彼の軀に突き刺さらなかった。

なぜなら、嵐四郎の左手には、一尺半ほどの木の杭が握られていたからである。三角礫は、その杭にめりこんでいた。

昨夜、樹上で一夜を過ごすと決めた時に、嵐四郎は手近の枝を切り落とし、脇差で杭のような形に加工しておいたのである。

万が一、橅の木に熊が登って来たら、この杭を急所の眼か鼻に突き立てるつもりだったのだ。

嵐四郎は、緑星の三角礫をたたき落としながら、帯の背中に差していた杭を抜いて、朱星の三角礫を受け止めたのであった。お凜の刺雷特訓の時と同じ業《わざ》である。

「何という奴……化物は貴様だっ」

緑星が呻くように言うと、樵の杭を帯に戻した嵐四郎は、左の袂から何かを摑みだした。黒っぽい玉であった。

そいつを、黒星と緑星の間の地面に叩きつける。破裂して、灰色の刺激臭のある煙が広がった。

「あっ、これは」

驚く黒行者たちの足下に、嵐四郎は次々に煙玉を投げつける。ついに、その辺りは灰色のベールがかかったようになり、視界が閉ざされる。

百婆ァの家で黒行者たちが使用した煙玉とほぼ同じものを、嵐四郎は知り合いの花火師に造ってもらい、携行したのである。

「逃《のが》すな、嵐四郎を！」

黒星は叫んだが、その彼とて、嵐四郎の位置をつかむことは出来ない。

ぎゃっ、と濁った悲鳴が煙の奥から聞こえた。緑星のものであった。黒星は、その悲鳴が聞こえた方向に三角礫を放つ。

人間の肉体に鉄の礫がくいこむ不気味な音がした。

そちらへ近寄った黒星が、身を屈《かが》めて手探りすると、彼の手に触れたのは緑星であった。

礫を受けたのは、嵐四郎に斬られた仲間の死骸だったのである。

「ちっ」

舌打ちした黒星は、見当をつけて、手近の木に飛びつく。そして、猿よりも早く幹を登った。

空気より比重の重い灰色の煙が、林の中に澱《よど》んでいる。すでに、最も身の軽い朱星は木から木へと飛び移って、五間ほど先へ行っていた。嵐四郎を追っているのだ。

「牝《めす》の分際で……」

吐き捨てるように言った黒星も、直ちに、その跡を追う。

3

林の中を、巨漢の褐星が猛烈な勢いで走っていた。

左肩に担いだお沢の頭部を右腕で庇って、細い枝などは軀で強引にへし折りながら走る姿は、とても人間とは思えない。まるで、猪《いのしし》か熊のような迫力であった。

彼の背後から、結城嵐四郎が追いついて来た。右手に掌刃を手にしている。煙の中で斬った緑星の懐から奪ったものだ。

その掌刃を、手裏剣に打つ。

「うっ」

右の太腿の裏側に掌刃が命中した褐星は、前のめりに倒れた。はずみで、お沢の軀は一間ほど先へ放り出される。

心臓を狙って掌刃を打てば、褐星は即死のはずだった。だが、万が一にも左肩に担がれたお沢が怪我をしないように、嵐四郎は、わざと左肩から遠い右足を狙ったのである。

下生えに転がったお沢は、その衝撃で紺星の催眠術が解けたらしい。小さく呻きながら、のろのろと顔を上げた。

「ひィ……っ⁉」

得体の知れぬ黒い行者装束の大男が立ち上がるのを見て、凍りついたようになる。

「娘、危ないからそこを動くなよっ」

褐星と対峙した嵐四郎が叫ぶ。

「は、はい……」

動く小芥子を見ている内に失神して、その後に何が起こったのかわからないお沢であったが、嵐四郎の呼びかけに対して、がくがくと壊れた玩具のように頷いた。

「お前……何か着こんでいるな」

大刀の柄に手をかけた嵐四郎が、怪訝そうに眉根を寄せた。

重量のある掌刃を嵐四郎ほどの達人が打てば、右太腿の半ばまで断ち割られるはずなのに、立ち上がった褐星の右足からは血が一滴も流れていないのだ。掌刃は、太腿に喰いこまずに、近くの地面に転がっている。

「くくく、く。驚いたか」

褐星は誇らしげに、黒衣を毟り取った。肉食獣のように筋骨の発達した上半身に、小さな鉄輪を無数に繋げたものを着こんでいた。

鎖帷子《くさりかたびら》というより、西洋のチェーン・メイルに近い。しかも、それを全身に二重に着こんでいるようだ。だから、掌刃が弾き返されたのだろう。

普通の人間ならその重さで身動きがとれなくなるはずなのに、自由に動けるどころか、娘を担いで疾走までしたのだから、この褐星は、ずば抜けた体力の持ち主であった。

「斬ってみろ、突いてみろ。斬られても突かれても、俺は死なぬ。貴様の刀が折れるだけだ。この褐星様は不死身だ」

顔面や首も、長錏頭巾の裏にチェーン・メイルを縫いつけてあるのだ。手甲も同じだから、手首の内側の動脈を狙うこともできない。

「結城嵐四郎、仲間の仇討ちだ。生きたまま、その五体を引き裂いてくれるわっ」

咆哮《ほうこう》するように叫んだ褐星は、嵐四郎につかみかかった。

危うく、その襲撃をかわした嵐四郎に向かって、褐星は右の蹴りを放つ。右脇腹を重い蹴りがかすめると、嵐四郎はバランスを崩して、倒れた。

「はっはっは！」

得意げに褐星は、倒れた嵐四郎の腹部を踏み抜こうとする。嵐四郎は、地面を転がることによって、それを避けた。踏み下ろされた褐星の右足が、地面に一寸ほどめりこむ。

その隙に立ち上がった嵐四郎であったが、背中に楓《かえで》の木を背負う形になった。その幹が邪魔で、もう、背後へは動けない。

得《え》たり、と褐星はつかみかかった——その瞬間、ばらばらと地面に落ちたものがある。

指だ。人間の指であった。

嵐四郎が大刀を一閃させて、手甲から剝き出しになっている褐星の十本の指を、切断したのである。窮地に追いつめられたと見せたのは、褐星の隙を誘うための演技だったのだ。

十の切断面から噴き出す己れの血を信じられぬというように見つめていた褐星は、憤怒に両眼を血走らせて、

「死ねぇっ」

嵐四郎の頭上に、額を打ち当てようとする。激突すれば、嵐四郎の頭部は生卵の殻のよう

に粉々に砕けるであろう。

しかし、

「お……がァァァ――っ!?」

天を仰いで絶叫したのは、褐星の方であった。その右目には、一尺半ほどの木の杭が深々と突き刺さっている。

嵐四郎が、帯の後ろに差していた杭だ。その先端は、眼球は勿論、脳の奥まで貫き破壊している。

嵐四郎は最初から、露出している指と両眼を狙っていたのだった。熊のために用意しておいた杭が、熊のような黒行者を仕留めるのに役立ったというわけだ。

「が……あがが………」

見えない母親にすがりつく赤子のように両腕を動かしていた褐星は、そのまま、地響きを立てて仰向けに倒れた。頭巾の裾がめくれ上がって、太い首が剝き出しになる。

嵐四郎は、先ほどの掌刃を拾うと、褐星の首に打ちこんだ。素早く後退して、噴水のように噴き出す鮮血を避ける。

脳を破壊され、首を断ち割られて、さすがの巨漢も己れの血溜まりの中で絶命した。

「残念ながら、本当に不死身ではなかったようだな」

嵐四郎は納刀すると、お沢に近づいて、

「名は」

「はい……桐生村の吾助《ごすけ》の娘で、沢と申します……」

百姓娘は震えながら答える。

「お前は、この大男の仲間に小芥子を使った幻術をかけられて、気を失っていたのだ」

「ど、どうして、そんな真似を……」

「おそらく、お前を邪教の儀式の生贄にしようとしたのだろう…そうだな！」

嵐四郎は振り向きざまに、脇差を手裏剣に打った。脇差は、三間ほど離れた繁みの中に飛びこむ。

「げっ」

そこに隠れていた黒星は、行衣の袂を脇差で地面に縫いつけられてしまった。

嵐四郎は大刀を抜いて、動けなくなった黒星に駆け寄る。その時、樹上から小柄な影が頭から飛び降りて来た。朱星であった。

掌刃を構えた右手を左手で保持して突き出し、相打ち覚悟でぶつかって来たのだ。

嵐四郎は、大刀の峰で掌刃を払い落とす。朱星の軀ごとだ。

その間に、脇差を抜き取った黒星が、二間ほど跳び下がる。そして、嵐四郎に向かって何の攻撃もせずに遁走《とんそう》に移った。

「ちっ」

嵐四郎は不快げに舌打ちして、納刀する。それから、地面に叩きつけられた朱星の方を見
「な、なぜ斬らなかったっ」

打撲傷の痛みを堪《こら》えながら、女黒行者が詰問する。

「払い落とすよりも、私を斬る方が簡単であったはずだ」

「何度も言わせるな」

脇差を拾いながら、嵐四郎が言う。

「俺は女は斬らんことにしている」

「貴様に情けをかけられて、この私が生きていけると思うかっ」

朱星は頭巾を取って、地面に叩きつけた。

「百婆ァに化けて貴様を罠にかける役目に失敗した私は……仲間に……よってたかって……最低の淫売よりもひどい扱いを……」

女行者は、童女のように、ぼろぼろと大粒の涙を流す。

「そんな奴らは、仲間でも何でもない」と嵐四郎。

「さっきの奴も頭目格らしいが、お前を捨て駒にして自分だけ逃げたではないか。もう、聖山教団に義理も未練もあるまい。足抜けをして、別の生き方を探してみることだ。死ぬ覚悟があれば、大抵のことは我慢できるだろう」

「そ…そんなことをしたら、鉄士隊に死ぬまで追われ続ける」

「心配するな。お前は誰に追われることもない」

嵐四郎は、黒星が逃げ去った方向へ冷たい眼差しを向けた。

「なぜなら……聖山教団の奴らは一人残らず、この俺が叩き斬るからだ。俺は、そのために駿河まで来た」

「……っ！」

泣くのを止めた朱星は、その冴《さ》えた横顔をまじまじと見つめていたが、急に顔を真っ赤に紅潮させると、

「そんなことが出来るもんかっ」

掌刃を拾って、高々と樹上に跳んだ。

「死ね、星心様の験力で殺されてしまえっ」

吐き捨てるように言って、猿のような身軽さで木から木へ飛び移り、嵐四郎の視界から消える。

「可哀相な女《ひと》……」

お沢が、ぽつりと言った。嵐四郎は好ましげに娘に目をやって、

「立てるか。また奴らに狙われるかも知れないから、桐生村という所まで送ってやろう」

「は、はいっ、ありがとうございますっ」

お沢は、あわてて立ち上がり、膝や臀部の土を払った。

「ところで、お前は御倉村というのを知らぬか。吉原宿で訊いたのだが、誰も知らなくてな。富士の麓にあることは間違いないはずだが」

「御倉村……」

首を傾げていたお沢は、少しの間考えてから、

「そういえば、昔、長者ケ岳《ちょうじゃがたけ》の方にそんな村があったとか……ですけど、何十年か前に山崩れで埋もれてしまったですよ」

「埋もれたのか」

角行の十番目の弟子で、聖山教団の始祖となった星道の出身地へ行けば、何か有力な情報を得られるのではないかと思ったのだが、少々当てが外れたようだ。

「あ、でも、忠七爺《ただしち》さんなら……」

「忠七爺さんとは」

「村で一番の年寄りです。山崩れの話は、忠七爺さんに聞いたから、その御倉村のことも何か知ってるかもしれません」

「そうか。では、お前の村に行こうか」

「はいっ」

元気よく頷いたお沢は、急に目の縁《ふち》を赤く染めて、

「おら、ご浪人様に来ていただけると、とても嬉しいです。今日は十三日で、東照権現様の御朱印祭りの夜だから……」

「東照権現の御朱印祭り……何だ、それは」

4

すでに正午近く――ぎらつく太陽は、廃屋の茶屋を真上から炙っている。

（どうすればよいのか……）

聖山教団鉄士隊の隊長である黒星は、茶屋の近くの繁みの中で、頭を悩ませていた。

嵐四郎の刃圏から逃れてはみたものの、仲間は全て倒されてしまい、おそらく朱星も生きてはいないだろう。あれから一人で、近在の村を襲って三人の娘をさらってはみたが、三人

とも処女ではなかったので、当て落として放り捨ててきた。

肝心の生娘は手に入らず、いつ光の発動が始まるかわからないので、聖石に近づくこともできない。

(だからといって、聖石をここに置いたままで、星心様のところへ帰るわけにも……んっ!?)

黒星は、全身の毛が逆立つのを感じた。風向きが変わった途端に、背後から生臭《なまぐさ》いにおいが漂ってくるのを嗅ぎつけたからだ。

黒星は、繁みの中から茶屋の脇の空き地へと飛びだした。繁みの奥へ数本の三角礫を放つ。

そこから出現したのは、大きな熊であった。体長が二メートル半はある。月輪《つきのわ》熊にしては、ずば抜けた巨体だ。体重は二百キロをこえているだろう。

黒星の放った三角礫は、その熊の顔面や肩にめりこんでいるが、うるさそうに首を振ると、みんな地面に落ちてしまった。皮や筋肉の厚み、骨の太さが、人間とは比べものにならないから、ほとんどの対人用武器では息の根を止めることは難しい。

「むむ……」

廃屋を背にして、黒星は、掌刃で闘うか逃げるかの選択に迷った。逃げる場合には熊に背を向けることになり、攻撃も防御も出来ず、危険すぎる。樹上に逃れたとしても、熊は人間より木登りが上手なのだ。走る速度もスタミナも、熊の方が上だ。

懐から出した掌刃を握ると、その鉄のにおいが気にくわなかったのか、熊は立ち上がって咆哮する。

黒星が死を覚悟した、その瞬間——熊の両眼から青白い炎が噴き出した。いや、両眼だけではなく、左右の耳と口からもだ。

見る間に全身が生きたまま炎に包まれ、熊は、地響きを立てて横倒しになった。

「これは……」

黒星は、さっと振り向いた。

茶屋の勝手口に、鶴のように痩せた男が立っている。

年齢は四十七、八だろうか。白い行者装束で、温和そうな顔立ちであった。顎の左側に小さな傷がある。両手で、聖石を捧げ持つようにしていた。

「せ、星心様っ」

あわてて、黒星はその場に片膝をついた。

「黒星……お前は修行が足らぬ」

むしろ穏やかとすらいえる口調で、聖山教団の現教祖は語った。

「仙元大菩薩を心から信心していてこそ、聖石を使うことができるのだ。このように、な」

「……面目次第もございません」

黒星が肩越しに振り向くと、熊の巨体は、ほぼ灰になりつつあった。マグマを直接浴びたような、恐るべき高熱であった。

「それに妙な付馬《つけうま》を連れて来たようだ」

「何と、星心様は、結城嵐四郎のことまでご存じでございますか」

「嵐四郎と申すか。我ら聖山教団の行く手に、凶星《きょうせい》が一つ輝いているのが見える」

「ははっ」

「だが、たとえ天魔であっても、我が悲願成就を邪魔することはできぬよ」

星心の薄い唇の両側が持ち上がり、嗤いを形作った。邪悪そのものの嗤いであった。

5

数十畳の広さの空間に、大勢の男女が蠢《うごめ》いている。

荒々しい息づかいと熱い呻き声と淫らな啜《すす》り泣きと喉から絞り出されるような悦声《よがりごえ》、そして湿った肉と肉がぶつかり合う音が、入り混じっていた。

桐生村の名主である大西《おおにし》家の屋敷、その屋敷の襖を全部外して、乱交会場にしているのだった。御朱印祭りとは、村の住民は独り身の者も夫婦者も分け隔てなく、親子兄弟以外は誰とでも思うままに媾合《こうごう》できる行事なのである。

名主屋敷に入れなかった者は、他の家や野外で、夜が明けるまで淫宴を繰り広げる。

そこにいるほとんどの者が裸体であった。惜しげもなくともされた行灯や蠟燭の黄色っぽい明かりが、その淫猥《いんわい》な風景を妖《あや》しく照らし出していた。

村娘の命を助けた結城嵐四郎も、その祭りへの参加資格を得て、裸で畳の上に仰臥《ぎょうが》していた。その彼に、三人の女が口唇奉仕している。

嵐四郎の男の象徴は、長く、太く、硬い。巨根と呼ぶにふさわしい威容である。

小さな口をいっぱいに開いて、その玉冠部を熱心に咥えているのは、生娘のお沢であった。朱を塗ったように、お沢の頰と目許《めもと》が赤らんでいる。額には汗を浮かべていた。

二つの瑠璃玉《るりだま》が収納された肉袋を舐めているのは、お民《たみ》という豊かな乳房を持つ二十八、九の大年増。

後家だそうで、さすがに男のものを扱う技巧に長《た》けていた。玉袋を舐めながら、袋ごと頰張り瑠璃玉を舌で転がしたりする。

もう一人は、細身のお杉《すぎ》という百姓の女房だ。これは二十三、四だろう。嵐四郎の胸や腋の下、引き締まって腹筋の浮かび上がった腹部などに唇を這わせながら、

「そうそう、お沢ちゃん。だいぶ、上手になってきた。魔羅のくびれのところを舌の先で……うん、そんな風だよ」

「おばさん。あたし、なんだかもう……」

「ふふ、軀が火照《ほて》ってきたのだね。無理もない、こんな立派な魔羅を見せられたら、いくら生娘だって、たまらないさね」

お杉は微笑む。後家のお民も顔を上げて、

「お杉さんや、もう頃合いじゃなかろうか」

「そうだね」

頷いたお杉は、嵐四郎を色っぽい眼差しで見て、

「お侍様。軀を起こして、胡座《あぐら》をかいていただけますか」

「こうか」

嵐四郎は言われた通りにした。すると、お民がお沢を立たせて、彼の膝を跨がせる。

お沢は両手で下腹部を覆った。

「あれぇ」

「こんな格好したら、あそこがみんな見えてしまう」

「可愛いことを言うのう。自分は目を開けて、お侍様のものをあんなに懸命にしゃぶってお

きながら、女門を見られるのが羞かしいかえ」

「でも……」

「ほらほら、こうして」

村娘の背後に立ったお民は、彼女の手を脇へどかせた。淡い秘毛に飾られた瑞々《みずみず》しい亀裂が丸見えになる。そこは、すでに透明な蜜で濡れていた。赤っぽく充血した花弁が、膨れ上がっている。

「はい、膝の力を抜いてな」

お民は、お沢の腰に手をかけて、ゆっくりとしゃがませる。お杉の方は、嵐四郎の脇から両手を伸ばして、その屹立した巨茎をつかみ、その角度を調整した。

お沢が排泄の姿勢をとることによって、濡れた花弁が自然と開く。そこへ、丸々と膨れ上がった男根の先端部があてがわれた。すると、お民が、

「神君様、御朱印っ」

そう唱《とな》えて、ぐっと村娘の腰を下ろす。

「ひぃぃっ！」

十四娘は弓なりに仰けぞったが、その時には、石よりも硬い嵐四郎の巨根によって処女の聖扉は完全に貫かれていた。

長大な茎部の三分の一ほどが、まだ花孔の外に残っている。そこに、結合部から真紅の血が一筋、流れ落ちた。

「よしよし、ようやった。これで一番痛いのは済んだでな。これからは、『段々よくなる法華の太鼓』じゃ。ははは」

腰の動きをサポートするお民と、乳房を撫でたり秘部の肉核を刺激したりするお杉の助力によって、お沢の顔から次第に苦痛の色が消え、生まれて初めて感じる悦楽に上唇がめくれ上がる。

これが、中国の古書にある房中術〈三十法〉の第二十四の型〈鵾鶏臨場《こんけいりんじょう》〉である。

鵾鶏は鶤鶏とも書き、しゃものことをいう。鵾鶏臨場とは、しゃもが闘いの場にいどむ――という意味だ。経験豊かな年増女が背後から介添えして、男知らずの処女に初体験から喜悦を感じさせるという変則的な態位である。

娘から女へと変わるお沢の表情を眺めながら、結城嵐四郎は、昼間に名主の大西重兵衛《じゅうべえ》から聞かされたこの御朱印祭りという奇習の由来を、思い出していた……。

天正十年三月十日――長篠《ながしの》の合戦で大敗し、高天神城《たかてんじん》を失い、親類衆の穴山梅雪《あなやまばいせつ》にまで裏切られた武田勝頼《たけだかつより》は、この日、天目山《てんもくざん》で自決した。

十四歳で輿入《こしい》れした北条氏政《ほうじょううじまさ》の妹である勝頼の正室は、彼に先んじて女中たちと一緒に自害している。ここに、戦国時代最強といわれた武田軍団は壊滅した。

しかし、その残党は甲州周辺に潜んで、しばしば織田方を悩ませたのである。そこで織田信長は、織田軍が中仙道から、徳川軍が中道往還《なかみちおうかん》を北上して、二方向から甲府の残党を挟み撃ちにするという作戦を立てた。

そのため、徳川家康は三百六十余の軍勢を率いて、その年の四月十三日に駿州・人穴《ひとあな》村に陣をしいた。

が、その深夜、手負いの熊が三頭、徳川の陣に侵入。大混乱の最中に寝所が武田の残党に奇襲されて、家康は、たった数名の近侍とともに逃げ出すはめに陥った。

無論、熊を乱入させたのも武田の者たちで、織田・徳川の挟み撃ち作戦の裏をかいたのである。

人穴村の村長である赤石善右衛門《あかしぜんえもん》の勧めで、家康たちが逃げこんだのは、村の裏手にある人穴であった。人穴とは、富士の噴火の時に出来た溶岩洞窟《どうくつ》の一つで、村の名称はここから来ているのだ。

家康一行が壁を手探りしながら、洞窟の奥へ奥へと進むと、

「――我が行《ぎょう》を妨げるのは、何者か」

闇の奥から、誰何《すいか》する声があった。明かりをつけてみると、洞窟の天井と地面を結ぶ太い

石柱に虚穴《うろ》があり、その中に弊衣蓬髪《へいいほうはつ》の行者が座していた。

富士講の始祖、角行である。

事情を聞いた角行は、壁づたいに右へ右へと進むようにと家康たちに助言した。そして、家康一行が奥へ消えると、その手前に、一匹の蜘蛛が見る間に巣をはった。

それから、追って来た武田の残党が、ここへ逃げこんだ者があるだろうと角行に問うたが、彼は「誰も来なかった」と否定した。

見ると、確かに洞窟の奥には蜘蛛の巣がはってある。誰かが奥へ行ったのなら、当然、蜘蛛の巣は千切れているはずだ。それで納得した残党は、人穴から出て他を捜しに行った。

一方、角行の言葉を信じて、暗闇の中を右へ右へと進んだ家康一行は、ようやく、出口に辿り着いた。

そこが、桐生村だったのである。すでに夜があけようとしていた。村長の大西義平《ぎへい》は、野良着《のらぎ》を家康たちに貸し与え、さらに猟師の安造《やすぞう》に案内させて、土地の者しか知らない獣道《けものみち》から逃してやったのである。

翌年の七月十三日に、徳川家康は人穴村と桐生村を訪れて、永代年貢《ねんぐ》免除の朱印状を村長に与えた。それから二百数十年後の今も、この二つの村は朱印状に守られて免税特権を享受している。

それで桐生村では、七月十三日とその前後の月の同日——つまり、六月十三日、七月十三日、八月十三日の三日間を御朱印祭りの日と称して、豊作と子孫繁栄を祈りつつ大らかな性の宴を楽しむことにしたのだった。

ちなみに、家康が出てきた抜け穴は、宝永五年の噴火の時に崩落《ほうらく》して埋まってしまったという……。

「——イィっ！」

ついに絶頂に達したお沢の肉襞が、小刻みに痙攣した。嵐四郎は、その締め具合を十分に味わいながら、熱い樹液を放射する。

合体を解くと、お民が枕紙で、半ば失神しているお沢の局部の後始末をしてやった。

お杉の方は、聖液と血にまみれた嵐四郎のものをしゃぶって、浄《きよ》める。そして、硬度を失わないそれに、今度は自分が跨った。挿入だけで、悦《よろこ》びの声を上げる。

そんな調子で、嵐四郎が十人以上の女や娘を相手にしていると、いつしか時刻は真夜中を過ぎていた。

井戸端で水を浴びた嵐四郎は、身支度を整え五合徳利を片手に下げて、名主屋敷を出る。

そして、桐生村の外れにある小さな堂へと向かった。

最長老の忠七老人は、早朝から斎戒沐浴《さいかいもくよく》してこの堂に籠《こ》もり、御朱印祭りの間、村の繁栄を祈り続けている。だから、忠七に話を聞くのは真夜中過ぎにしてほしい――と名主の重兵衛に頼まれたのだった。

「――御免」

嵐四郎は、入口の前で声をかけた。

「どなた様かね」

観音開きの戸を開けて、痩せた老爺が顔を出し、見知らぬ浪人者を珍しそうに見つめる。

頭髪は真っ白で、八十近いと思われた。

嵐四郎が名主の重兵衛の許可を受けたことを説明すると、忠七は何度も頭を下げて、

「わたくしのような者でよければ、何でもお話しいたしますです」

嵐四郎は昇降段《きざはし》に腰を下ろして、老人を脇に座らせた。持ってきた茶碗で、忠七に酒を飲ませる。

丸一日飲まず喰わずだった忠七は、すぐに酔いがまわって赤くなった。

「ああ、角行様のお弟子になりながら、なかったことにされちまった星道ね。あれは無理もない。あんな事をしでかしたんじゃあねえ」

「何でも、即身成仏の直前に仙元大菩薩と交わったと言って、兄弟子たちに叩き殺されたそうだな」

「あははは、そういう風にも言われてるようですがね。本当は、もっとひどい話なんですよ、お侍様」

「もっとひどい、とは？」

「わしは仙元様と交わったと叫びつつ、奴ァ……自分で、自分の首を引き千切っちまったんですよ」

第八章　女華《じょか》反転

1

「これは、わしが祖父様《じいさま》から聞いた話でしてな。まあ、祖父様も、そのまた祖父様から聞いたらしいが……」

酒で舌の回転が滑らかになった忠七老人によれば——三代将軍家光の治世、正保《しょうほう》三年の六月三日、角行は百六歳で大往生を遂げた。人穴から出て、天を仰ぎ立ったまま絶命したと伝えられる。

前《さき》にも述べた通り、角行には第一弟子の泰宝から末弟子の星道まで十人の弟子がいた。だが、泰宝は白糸の滝で修行中に死亡したので、慶長《けいちょう》十五年、角行は第二弟子の日旺を二世に指名している。

しかし、その後に十番目の弟子になった星道は、子供のように小柄で貧弱な体軀《たいく》の持ち主であったが、実は、二世日旺よりも優秀な行者だった。

角行は、その生涯に一万八千八百日の不眠の大行、断食三百日、富士登山の回数百二十八度、富士中腹を廻る御中道が三十三回、さらに諸国霊場を巡拝しているが、晩年の十数年間の修行に全て最後まで同行できた者は星道ただ一人であった。

それゆえ、真に師の法脈を受け継ぐべき者は自分であると考えていた星道は、素直に日旺を二世と認めることを潔しとしなかった。そして、角行に殉《じゅん》じて入定すると言い出したのである。

ある意味では日旺に対する嫌がらせであるが、殉死は賞賛されるべき行為なので、日旺以下の兄弟子たちも、これを止める理由が見つからなかった。

現に、延宝《えんぽう》三年に案山《あんざん》禅師が富士山頂で入定を果たした時、弟子の久遠《くおん》禅師もその後を追って入定している。

さて、角行入定の翌年の六月一日、十分に準備して身を浄めた星道は、七合五勺目の岩窟の中に座して寿命の尽きるのを待った。

兄弟子たちは交代で様子を見に来たが、六月十四日になって入定が目前であることがわかると、翌日の十五日には、八人の兄弟子全員が岩窟の前にやって来た。

全身の肉を鑿《のみ》で削ぎ落としたような、木乃伊《ミイラ》そのものの姿の星道を見て、年が近く仲の良かった八番弟子の玥賢や九番弟子の光旺だけではなく、さすがに日旺までも涙を禁じ得なかった。

そして夕刻、いよいよ息が絶えると思われた瞬間、洞窟のように窪《くぼ》んだ星道の眼窩《がんか》の奥で、かっと見開かれた眼が鬼火のように青白い光を放った。

「わしは仙元様と交わったぞ。仙元大菩薩様は美形《びけい》におわした……やはり、木花開耶姫命そのものであったよ……」

呵々《かか》大笑して、そのように叫ぶ星道を見て、一同は凍りついた。すると、星道は枯れ枝のような両手を顎と襟足にかけると、

「おお、わたくしめに力をお授けくださいますか。何者にも負けぬ験力を……よろしゅうございます。捧げますぞ、この頭《こうべ》を！」

言うが早いか、星道は、我が頭部を引っこ抜いたのであった。

力自慢の相撲取りでも、このような真似は不可能であろう。まして、木乃伊のような姿で絶命寸前の人間のどこに、このような怪力が眠っていたのだろうか。

しかも、ただ引っこ抜いただけではなく、千切れた頸部から血を噴きつつ、その頭部を数間先まで放り投げたとあっては、どのような生命力に基づくものか、想像も出来ない。

さらに言うならば、数間先の斜面に落下する時まで、星道の首は嗤い続けていたという。頭部を失った軀が前のめりに倒れてから、ようやく、日旺たち八人は金縛りが解けたようになった。

「いかん、あの首を探せっ」

日旺は命じた。星道の入定が間近であることは、浅間神社や周辺の住民の噂になっている。もしも、誰かに星道の首を見られたら、角行門下一同の恥辱だ。

あわてて斜面を駆け下りた八人であったが、星道の首は落下後に、さらに転がり落ちたらしく、見つからない。

陽が沈んで首の捜索が困難になると、一同は集まって善後策を協議した。

結論として、星道の死骸を打ち砕いて分解し、各人が隠し持って御山を下りる。そして、それを誰にも知られぬ場所に埋めると、星道は入定の苦しさに逃亡して日旺に破門されたことにする――というものだった。

唯一の気がかりは、星道の首だが、風雨に曝《さら》されれば、じきに舎利《しゃり》になって割れ散らばるだろう、そうすれば白い石と見分けがつかなくなるに違いない……。

八人は真相を隠し抜くことを固く誓い合った。

だが、それから十年ほどが過ぎて、美しく成長した星道の娘のお道《みち》が、最も星道と親しかった第九弟子の光旺の所へ訪ねて来た。

お道に「父が本当はどうなったのか、教えてください」と懇願されても、光旺は「星道は逃亡して破門されたのに間違いない」と言い張った。しかし、己れの貞操を差し出したお道に、光旺は、ついに真相を喋ってしまったのである。

お道は激怒し、何代かかっても必ず父の怨みは晴らすと誓った。しかし、富士は女人禁制だから、四合五勺目の参詣人改所までしか登れないので、七合五勺目付近にあるはずの星道の頭部を探すことは出来ない。

それで、お道は、東海道で旅人の袖を引いて、ひたすら男と交わり、ついに妊娠した。狙い通り、生まれた子は男児であった。

成長する息子に、お道は祖父の無念さを繰り返し繰り返し教えこんで、必ず祖父の頭蓋骨を探し出すようにと命じた。

その息子は、十八歳の時から毎年のように富士に登ったが、祖父の髑髏《しゃれこうべ》を発見することは出来なかった。お道の息子は、また自分の子にその役目を命じて、その子もまた、自分の子に一族の悲願を伝えた。

こうして長い年月が過ぎて、怨念の蓄積なのか、生まれながらに超常的な験力を備えた男児が誕生した。それが、聖山教団の教祖・星心である。

「そして、その星心は、何代にもわたって探してきた星道の髑髏の在処《ありか》も見抜いたんですわ。それは、五十年も前に江戸へ運ばれているとね」

「五十年前……江戸へ……では、まさか」

嵐四郎は顔色を変えたが、老人はそれに気づかぬように喋り続けた。

「星道の髑髏は、黒い岩の粉がまぶされて、黒砕のようになってたんですな。そして、それは、他の黒砕と一緒に江戸に運ばれて、高田という所に築かれた富士塚に埋めこまれました。聖山教団では、これを聖石と呼び、星道の超験力と仙元大菩薩の霊力の宿ったものと考えております。そして、女華《じょか》の神通洞《じんつうどう》から八葉蓮華《はちようれんげ》に至り、そこで聖石を使って世直しを行うと信じられておりますな」

「老人、お主《ぬし》……」

嵐四郎は、急に四肢に痺れを感じていた。星道の入定の真相はともかく、聖山教団の内部のことまで百姓の老爺が知っているのはおかしい。

左手を伸ばして、昇降段《きざはし》の脇に立てかけた大刀を取ろうとしたが、無理であった。腕が鉛でできているかのように重いのだ。

相手と同じ酒を飲んでいたはずだが、いつの間にか、毒を盛られていたのだろう。

「結城嵐四郎……初めて相見《あいまみ》えたな」

忠七老人——のはずだった者が、すっと背を伸ばした。べりべりと顔面の皮を引き剝がして、素顔を見せる。

「わしが聖山教団の星心よ」

嵐四郎の右手が動いた。山を動かすほどの気力を集中して、素早く脇差を抜刀する。

星心を真っ二つにした——と思ったが、それは地面に落ちて割れた。空になった五合徳利であった。

(俺としたことが……)

脇差を取り落とし、暗黒の中に引きずりこまれる嵐四郎の意識が最後に思い浮かべたのは、お凜の横顔であった——。

2

東海道の吉原宿と甲州街道の甲府を結んで南北に延びる古い脇街道を、中道往還と呼ぶ。長さは二十里。前《さき》にも述べたように、天正十年に徳川家康の軍が武田の残党殲滅《せんめつ》のために甲府へ進軍したのも、この街道である。

駿州側の宿駅は、吉原から厚原《あつはら》、大宮《おおみや》、北山《きたやま》、上井出《かみいで》、人穴《ひとあな》、根原《ねばら》、本栖《もとす》、精進《しょうじ》、右左《うば》口《ぐち》峠と続く。

特に大宮宿は、中道往還の宿駅であると同時に浅間神社の門前町でもあるから、富士山詣での人々が押し寄せるこの時期は、大変な賑わいであった。

さて——桐生村の御朱印祭りの翌日の昼下がり、大宮宿と北山宿の間に古びた茶屋があった。

その茶屋の店先の縁台に陣取っているのは、旅行支度の十一名の武士である。黒行者——すなわち聖山教団鉄士隊を討伐する役目を帯びた、犬丸夜九郎と関宿藩士十名だった。

沼津宿の居酒屋で、大神の今日次に髻をきり落とされた役立たずの三人は、昨日のうちに江戸へ追い返されている。

夜九郎の腕前は知っているものの、浪人が自分たちを指揮していることが、関宿藩士たちには面白くない。

したがって、茶を飲みながら休憩していても、そこには冷ややかな空気が流れていて、誰も口をきかなかった。

犬丸夜九郎は、そんな雰囲気など歯牙《しが》にもかけずに、草鞋の紐を締め直すと、

「婆さん、幾らだ」

茶店の老婆が十一名分の茶代を告げると、それに色をつけた金額を縁台に置く。

と、彼の右手がさっと閃いたが、その動きを見切った者はいなかった。ただ、かすかな鍔《つば》鳴《な》りの音に、二、三名の藩士が不審そうな表情になっただけであった。

「参ろうか」

ちらりと奥の方を見てからそう言うと、藩士たちの返事も待たずに夜九郎は編笠を被り、さっさと歩き出す。十名の関宿藩士は顔を見合わせると、最も年長の吉岡福次郎《よしおかふくじろう》が渋々うなずいた。十人は無言で彼の後を追う。

「どうも、ありがとうございましたァ」

街道へ出た老婆は亀のように皺首を長々と伸ばして、十一名の後ろ姿を見送った。が、カーヴした道の向こうに彼らの姿が消えると、そそくさと茶屋の中へ戻って、

「お客さん、もう行っちまいましたよ」

勝手口の方へ声をかける。

「おう、そうか」

竈《かまど》の上の梁《はり》の蔭から、声がした。その薄暗がりの中から、ひょいと土間に降り立った影法師。それは、隠れ蓑《みの》代わりに黒繻子の合羽にくるまっていた大神の今日次であった。

「まいったぜ、手足は煤《すす》だらけだ。おい、裏の井戸を借りるぜ」

「へいへい、どうぞ」

今日次にたっぷりと心付けを貰っている老婆は、上機嫌であった。

勝手口から裏へ出た美男の賞金稼ぎは、そこにある井戸で水を汲んだ。

「いやあ、あいつらが近づいて来るのに先に俺の方が気づいたんで、助かったよ」

手や足を洗いながら、誰に聞かせるともなく陽気な口調で、

「呑気《のんき》に団子を喰らってたら、あの恐ろしい犬丸とかいう野郎と鉢合わせするところだったぜ。まあ、とっさに奥に引っこんで、梁の上に隠れたのは上出来だったな。お釈迦様でもご存じあるめえってやつだ。後架《こうか》なんぞに隠れても、もしも、あいつらの一人が用足しに入ってきたら、逃げ場がねえや。それにしても……あいつらは何のために、大所帯で黒行者どもを追ってるんだろうか」

独りごとを言いつつ、店先へ戻った今日次は、犬丸夜九郎の座っていた縁台に腰を下ろした——つもりだったが、いきなり地面に臀餅をついてしまう。

「えっ、な、何だ!?」

飛び起きた今日次は、縁台を見て、あっと叫んだ。縁台の腰板が、斜めに切断されていたのである。

「あの野郎……そうか、立ち上がった時に……くそっ、俺が鼠《ねずみ》みてえにこそこそ隠れたのを知ってて、腹の中で嗤ってやがったな」

驚きと怒りと、そして恐怖に、今日次は赤くなったり青くなったりする。

「あれまあ、うちの縁台が……」

奥から出てきて涙声になった老婆に、ようやく落ち着いた今日次が、

「安心しろ、婆さん。縁台の修繕費くらいは俺が出してやる。それより、新しい茶と団子をくれ。とてもじゃねえが、あんな化物が街道の先にいると思ったら、すぐに歩き出す気になれねえや」

別の縁台に慎重に腰を下ろした今日次は、熱い茶を飲んで、ほっと溜息をついた。

目の前の街道は、強い陽射しに灼かれて、白く乾ききっている。光の反射で目が痛むほどだ。街道の向こうには、青々とした水田が広がっていた。その上を渡ってくる微風が、今日次の汗ばんだ胸元を撫でる。

「黒行者が、大淵街道からこの中道往還あたりに出没しているという噂は、あいつらも聞きこんだようだが……さて、どうやって黒行者の巣を突き止めて、あの勘五郎とかいう奴を助け出したものかな。五両の手付金の手前、見殺しにするわけにもいかねえし……」

考えこんでいると、厚原宿の方からけたたましい音が近づいて来た。馬の蹄《ひづめ》が乾いた地面を蹴る音であった。

「ん……？」

立ち上がった今日次が、街道の南の方を見てみると、ずんぐりした黒っぽい馬がこちらへ全速力で走ってくる。武士が馬術に使う馬ではなく、荷物運搬のための駄馬《だば》であった。その馬の背中に、小柄な人間がしがみついている。若い旅人のようであった。その背後から、馬子《まご》が必死で走って来る。

旅人を乗せて馬子が引いていた馬が、何かの拍子に暴走を始めたのだろう。下手をすると、乗り手は地面に投げ出されて、首の骨を折るかも知れない。

「ええい、くそっ」

道路の真ん中に飛び出した今日次は、両腕を広げて行く手を遮った。しかし、興奮しきっているのか、速度を緩めずに馬は突進してくる。

「ちっ」

右へかわした今日次は、乗っている奴の帯をつかむと、強引に手前に引きずり下ろした。

そいつの軀を受け止めながら、地面に倒れこむ。うまく受け身をとったので、どこも怪我をしなくて済んだ。相手が思いの外軽《ほか》かったのも、幸運だった。

「おい、しっかりしな」

肩を揺すりながら、そいつの顔を覗きこんだ今日次は、

「あっ、おめえはっ」

心底、驚いた。相手もまた、今日次の顔を見て、

「わわっ」

いきなり、熱い鉄瓶に触れた猫のように、飛び退《の》く。

それは若い衆姿のお凜であった。今日次と同じく、着物の裾を臀端折《しりはしょ》りにして、白い木股《きまた》を穿《は》き、黒い脚絆を付けている。

「お前は、狸…じゃねえ、狐でもなくて……熊だっけか、狒狒《ひひ》か、狢《むじな》でもねえし……」

「大神だ、大神の今日次だ、忘れるなっ」

今日次は埃を払いつつ立ち上がりながら、

「命の恩人に、狸だの狢だの、なんて口をききやがる」

「あ、そうだったね。ありがとう、助かったよ」

とりあえず、お凜は、ぺこりと頭を下げる。

「いやあ、嵐四郎様を追って江戸から来たんだけど、半分以上は駕籠《かご》に乗ったんだが、旅慣れてないもんだから足に肉刺《まめ》ができちまって。それで楽をしようと馬に乗ったら、いきなり暴走するじゃないか……本当に死ぬかと思ったよ」

娘の身ながら、幻小僧凜之助の異名をとるほど腕利きの盗賊になったお凜であっても、初めて旅に出ると普段とは軀の使い方が違うので、足に肉刺が出来たりするのだろう。

まして、馬に乗るのが生まれて初めてとなれば、いかに屋根から屋根へ飛び移れるほど反射神経や体術に優れていても、恐怖感で軀が竦《すく》んで動けなくなってしまうのだ。

「どうも、すんません、お客さん」

馬を連れて、中年の太った馬子が戻って来た。背中の人間がいなくなったことで、多少は馬も落ち着いたらしく、追いついた馬子がなだめるのを素直に聞いたのだった。

「こいつめ、耳の中に虻《あぶ》が入ったみてえで。許してくだせえ」

お凜に平謝りに謝る。お凜は苦笑して駄賃を払い、途中の道に落として来た振り分け荷物を拾って来てくれるようにと頼んだ。

しきりに恐縮した馬子は、駄賃を受け取ると、馬を引いて荷物を拾いに行く。

「それにしても、暴走した馬に乗ってる見も知らぬ人間を軀を張って助けるなんて、今日次兄ィも結構、良いところがあるじゃねえか」

例の茶屋へ入ったお凜は、老婆が運んできた冷たい井戸水で喉を潤しながら、言った。

「どうせ、血も涙もない金の亡者だと思ってたんだろうよ」

「へへへ」

笑いながらも、否定はしないお凜だ。

「だが、金の亡者というのはその通りで、嘘じゃねえ。だが……」

今日次は、遠くを見るような目つきになって、

「もう、十年も前になるかな。俺は、家を飛び出して渡世人になったばかりの頃よ。あれは川越《かわごえ》の近くだったか、俺は風邪をこじらせた挙げ句に、ひどい高熱と腹痛で行き倒れになっちまった」

年若い渡世人が、街道の傍らに蹲って喘いでいる。そんな様子を見た旅人たちは、気味悪そうに道の反対側を足早に通り過ぎていった。

初冬であった。風は冷たく、地面から冷気が軀にじわじわと染みこんでくる。無宿生活で軀の奥に蓄積された疲労が、いっぺんに体表に噴出したようであった。

そこへ通りかかったのが、薬売りの旅商人である。その三十過ぎの旅商人は、何の躊躇もなく今日次に近づいて来て、「どうしなさったね、兄さん」と言って額に触れた。

「これはいけない、命取りになる熱だ」

今日次が重態だと知った旅商人は、彼を背負って木賃宿《きちんやど》へ運びこんだ。そして、そこで五日も熱心に看病をしてもらったおかげで、今日次は、ようやく熱も下がり動けるようになった。

無一文の今日次は、ただ平蜘蛛のように這い蹲って礼を言うことしかできない。

「気にしなくていいんですよ。困った時は、お互い様じゃありませんか」

清治《せいじ》と名乗った旅商人は笑って、

「お礼なんて……そうですね。では、こうしましょう。いつか、お前さんも、どこかの空の下で難儀している旅人に出会うかも知れない。そうしたら、なるべくその人を助けてやってください。それで貸し借り無しだ。ね、いいでしょう、今日次さん。約束ですよ」

――そういうわけで、冷酷非情という噂の賞金稼ぎ・大神の今日次だが、急病人や危ない目に遭っている者は無条件で助けるという特異な信条を持っているのだった。

「薬売りの清治さん、今でも達者にしていなさるかどうかわからねえが、いつか再会することがあったら、あの時の約束は守っています――と俺は言いてえのさ」

「へえ……兄ィ、偉いね。からかって悪かったな。この通りだ」

お凜は深々と頭を下げる。

「馬鹿、やめろよ」

今日次は照れくさそうに、そっぽを向く。

「ところで、お凜姐御。さっき、江戸から嵐四郎旦那を追っかけて来たとか言ったな。どんな用事だ、高額の仕事でも転がりこんで来たのか」

「ちぇっ。せっかく誉めたのに、また算盤勘定だ。そんなんじゃねえよ」

「じゃあ、何だ。腹に子供でも出来たか。だったら、軀が落ち着くまでは、馬も駕籠もやめとけ」

「ば、馬鹿っ、何を言ってんだっ」

狼狽したお凜は、面白いほど真っ赤になる。

「江戸の彫勘が…勘五郎って彫物師が、聖山教団って奴らにさらわれたんで、それを嵐四郎様に伝えに行くんだよっ」

「勘五郎……？」

今日次の顔が引き締まった。

「そいつは、ひょっとして、背が低くて頭の鉢がやけに大きい野郎か」

「俺らは会ったことがないけど、みんなの言う人相は、そんな感じだ。なんで、兄ィが知ってるんだい」

お凜は、きょとんとして今日次を見ると、木曾狼は身を乗り出して、

「おい、お凜姐御。凜の字。聖山教団と勘五郎という奴のこと、もっと詳しく教えてくれ。頼む」

3

富士山の西側——標高千三百三十メートルの天子ケ岳《てんしがたけ》の東尾根の北には、広大な湿地帯が

広がっている。

蓑や笠の材料になる笠萱《かさすげ》が生い茂っているところから〈萱原《すげはら》〉〈萱の沢《すげのさわ》〉などと呼ばれている。陽光に白く光っている池は、長者ケ池という。

そして、萱原の西側には樹齢千年といわれる杉の巨木が、天に突き刺さるようにそびえ立っていた。

お凜と大神の今日次が中道往還の茶屋で話し合っていた、ほぼ同時刻——この千年杉の枝から吊された者がいた。

結城嵐四郎である。

白い下帯一本で裸の嵐四郎は、後ろ手に縛られて、頭部を下向きにして逆さに吊されている。地面からの高さは、八尺——二・四メートルくらいだ。

逞しく引き締まった嵐四郎の五体には、無数の打撲や火傷の痕がある。聖山教団の本拠地で一晩中、拷問を受けたのだ。無傷なのは顔だけである。

「嵐四郎。どうだ、逆さ吊りにされた気分は」

黒行者の黒星は、愉快そうに嵐四郎を見上げて、

「今に軀中の血が下がって、頭の中の血管が破れてしまうぞ。いや、この暑さだ、その前に汗が出尽くして日干しになるかな。仮に夜まで生きていたとしても、狼どもが集まってきて、

喰いつくだろうよ。あっさりとは喰い殺されぬように、少し高めにしておいたがな。はは は」

「数多くの我らの仲間を斬り殺した、報《むく》いでございますなあ」

脇から、ずんぐりした体型の茶星《ちゃせい》が言う。

「そうよ。責め問いで殺してしまうのは易《やす》きことなれど、楽に死なれては、こちらの肚《はら》が癒《い》えぬ」

「顔や頭を傷つけなかったのも、最後まで気を失うことなく、最大限の苦痛を味わってもらうためでございましたから」

嵐四郎の足首を縛って吊り下げた縄は、地上五メートルほどの高さの枝を通して下へ伸びて、巨木の根元近くに三重巻きにされて結ばれている。

「おい、嵐四郎。我らの問いに答えれば、命だけは助けてやろうぞ」

黒星は、ほとんど猫なで声になって、

「答えるのだ。お前に聖山教団を探るように命じたのは、誰だ。江戸の町奉行か、大目付か、それとも老中か」

嵐四郎は目を閉じたまま、何も言わない。その問いすら聞こえなかったようであった。

「ふん、強情な奴め」

「寺社奉行の配下で邪宗門徒狩りを役目とする神侍党《しんじとう》、その手先とも思われましたが……」

「まあ、よい。どうせ、六月十五日——明日の夕暮れになれば、徳川の天下はひっくり返るのだ」

黒星の口調には、狂おしいまでの高ぶりがあった。

「いや、徳川幕府だけではない。京の天朝もまた、命脈が尽きる。そして、我らの星心様が天下万民を支配する世が到来するのだ」

「楽しみでございますなあ」

「念のために見張っていてくれ、茶星。雇い主を白状したら、知らせるように。生娘狩りも終わったから、わしは、星心様のお側《そば》に控えておらねばならぬ」

「心得ましてございます」

「頼むぞ」

聖山教団鉄士隊隊長の黒星は、身を翻して西の森の中へ駆け去った。

残った茶星は、近くの日陰に移動して、地面から顔を覗かせている大きな岩に腰かける。

ただでさえ蒸し暑いのに湿地帯だから、湿度の高さは異常なほどで、湯の中に全身をひたしているような気分であった。

少しばかりの風は、湯船の湯を掻き回すのと同じで、かえって暑さと不快感を増しているだけであった。

「たまらんな、これは」

茶星は、腰に下げた竹筒の水を飲んで、汗をぬぐう。

広大な湿原を、三尺近い高さの笠萱が覆い尽くしていた。先端の茶色っぽい小穂が、さわさわと揺れている。笠萱の葉の間から見える乳白色の花は、水千鳥《みずちどり》であろう。

長者ケ池の向こうには、霊峰富士が邪悪な陰謀も知らぬように雄大な姿を見せている。

と、茶星の三間ほど先の草と草の間を、さっと素早く駆け抜けた茶褐色の影があった。

野兎であった。冬場には保護色で真っ白になる野兎も、この時期には茶褐色をしている。

「おおっ」

とっさに、茶星は三角礫を放った。それをくらった野兎は、ぴょんとジャンプして、地面に落ちた。そのまま動かなくなる。

「こいつは、ご馳走だ。あとで味噌焼きにしてやろう」

頬を緩めた茶星は、ちらっと嵐四郎の方を見てから、野兎を取りに行く。足を持って、清水が湧き出ている水溜まりへ行くと、内臓をとるために短刀で慎重に腹を斬り裂いた。

が、次の瞬間、振り返り様《ざま》に短刀を手裏剣に打つ。

千年杉に近づこうとしていた小柄な黒行者が、短刀をかわして、ぱっと後退した。

「お前、朱星ではないか」

野兎を、茶星は水溜まりに放り出した。

「黒星様は、嵐四郎に斬られたとおっしゃっていたが……」

茶星は、ゆっくりと朱星の方へ向かう。

「裏切ったのか、我らを。嵐四郎を助けようとてか」

「……」

「兎を囮《おとり》にしたくらいで、わしの目を欺《あざむ》けると思ったのか。ずいぶんと舐められたものよなあ、おい」

無言のまま、朱星は、さっと右に跳んだ。茶星は、素早く千年杉を背にする位置へ移動する。

両者の距離は二間半くらいだ。

「裏切り者め。生け捕りにして、一寸刻みに責め殺してくれる」

「やれるものなら、やってみろっ」

朱星が二本の三角礫を放った。右手に掌刃を構えた茶星は、そいつを簡単に弾き落としてしまう。

「女の投げる礫など、児戯も同然じゃい」

唇を歪めて、茶星は嘲笑《ちょうしょう》する。が、接近しての攻撃に自信がないのか、朱星は右へ回りこみつつ、さらに三角礫を一本、放つ。

焦って手元が狂ったのか、そいつは茶星の腰の脇をかすめて、背後へ飛び去った。

「何だ、それは」

嗤った茶星の背後で、きーんと金属的な音がした。はっと振り向くよりも早く、彼の後頭部に何かめりこむ。

「まさか……山彦《やまびこ》とは……」

茶星の顔面の筋肉が弛緩《しかん》した。口の端から唾液を垂らして、右手の掌刃も地面に落ちてしまう。

朽木《くちき》が倒れるように、茶星は、ゆっくりと前のめりに倒れた。頭巾の後頭部の部分に小さな穴が開いて、血が滲んでいる。

「――成功したか」

朱星は、ほっと吐息を洩らした。

三角礫を敵の後方にある岩に向かって放ち、跳ね返って斜めに飛ぶ礫を敵の急所に当てる。鉄士隊の間では、〈山彦の術〉と呼ばれている最高難度の業《わざ》であった。

死角から三角礫が飛んでくるので、まず、かわすことはできない。ただし、成功率も非常に低いのだ。

女であるがゆえに、男たちに比べて非力であるがゆえに、朱星はこの業を習得すべく、仲間に隠れて努力に努力を重ねていたのである。

野兎を放ったのも、わざと千年杉に近づく姿を見せたのも、茶星の油断を誘う罠であったのだ。

「嵐四郎様っ」

表情を引き締めた朱星は、吊り下げられている嵐四郎に向かって呼びかけた。

返事はない。

さっと周囲を素早く見回して危険がないことを確認した朱星は、手近に転がっていた岩を手にすると、顔をそむけて茶星の後頭部に思い切り叩きつけた。

落とした西瓜《すいか》のように、茶星の頭が不揃いの四分割になる。胸の悪くなるにおいに顔をしかめながら、朱星は脳味噌の中に手を突っこむと、自分の三角礫を回収した。

これを死骸に残しておけば、朱星の仕業《しわざ》だと、すぐにわかってしまう。

泥で手をこすってから、水溜まりで洗う。それから、千年杉の根元にしゃがみこんだ。斜め上に伸びる縄に右腕を絡めると、左手に持った短刀で、幹に巻かれている縄の結び目を切断する。

「うっ」

途端に、縄が朱星の右腕に骨も砕くような強さで、ぎりぎりとくいこんだ。短刀を捨てて左手でも縄を握ると、少しずつ少しずつ、縄を送ってゆく。

それにつれて、嵐四郎の軀が少しずつ地面に近づいてゆく。もしも、朱星の手から縄が離れたら、縛られている嵐四郎は頭から一気に地面に落ちて、頭蓋骨を割るか首の骨を折ってしまうだろう。

「ん、んんぅ……」

杉の幹に片足をかけて踏んばり、朱星は全身の筋肉を動員して、自分よりも遥かに重い嵐四郎を、静かに静かに地面に下ろす。

ようやく無事に下ろし終わると、全身が水を浴びたように汗でずぶ濡れになっていた。縄の擦過傷《さつかしよう》で、掌《てのひら》は血まみれである。

短刀を拾って嵐四郎に飛びつき、後ろ手に縛っていた縄を斬る。両足首を縛っていた縄もだ。

「嵐四郎様、しっかりしてくださいっ」

男の頭を膝の上に載せると、朱星は竹筒の水を自分の口に含んだ。ひび割れた嵐四郎の唇に、自分の唇を重ねると、少しずつ水を流しこむ。

嵐四郎の舌と喉が弱々しく動いた。そして、竹筒の水をすべて飲み干すと、ようやく、嵐四郎は目を開いた。

「朱星か……」

「よかった、嵐四郎様」朱星は涙ぐんで、

「お気を確かに。今すぐ、安全な場所にお連れいたします」

「なぜ……仲間を裏切ってまで、俺を助ける……」

「わたくしは、ずっと、星心様のためなら死ねると思っておりました。しかし、昨日、命を助けられて、別の生き方を探せと言われた時、嵐四郎様になら殺されてもいいと思ったのです。殺されてもいいと思える御方こそ、わたくしの本当のご主人様ですっ」

そこまで一気に言って、

「さあ」

朱星は肩を貸して、嵐四郎を立ち上がらせる。

「待て」

かすれた声で、嵐四郎が言った。

「あの池に映っているのは……」

「え……ああ、逆さ富士でございますか」

湿原の長者ケ池の水面に、富士の姿が逆向きに映っている。西側だから、刃物で縦に抉ったような大沢崩れが、はっきりと見えていた。

「まるで、女の秘処《ひめどころ》のようだな」

「そういえば……」

命がけの状況なのに、朱星はつい赤くなってしまう。嵐四郎に手荒く犯された時の記憶が、軀の芯に熱く甦《よみがえ》ったのであろう。

逆立ちした富士山を局部、大沢崩れを亀裂に見立てれば、たしかに女陰に酷似している。冒瀆的に表現すれば、木花開耶姫命の秘部であろう。

「女華の神通洞……星心は、そう言った。朱星よ、ここから見える場所に洞窟のようなものはないか」

「見える場所といいますか、あの北の麓あたりに角行尊師が修行をされた人穴がございます」

「人穴……神通洞………」

なおも考えこむ嵐四郎を、

「参りましょう、時が惜しゅうございます」

朱星は抱えるようにして、北へ向かって歩き出す。

4

天子ケ岳の中腹、鬱蒼《うつそう》とした森の奥に、倒木で巧みに隠した洞窟の入口がある。

この洞窟こそが、聖山教団の本拠地〈霊皇殿《れいおうでん》〉なのであった。

天然の洞窟を四年の歳月をかけて改造し、蟻の巣のように幾つかの部屋が互いに通路で繋がれていた。八十名の人間が、一カ月間籠城《ろうじよう》できるだけの糧食も蓄えてあるという。

無論、改造作業に従事した人足たちは、作業の完了後に、青木ケ原《あおきがはら》樹海で始末したことはいうまでもない。

その霊皇殿の部屋の一つ——二十坪ほどの広さで、中央に三尺四方ほどの広さの池が掘ってある。

そして、その池に向かって、放射状に雨樋《あまどい》のような溝が十本あり、その溝の先にある木の寝台に、若い娘が大の字に縛りつけられていた。

昨夜から今日の未明にかけて、星心の指示で、鉄士隊の黒行者どもが近在の村からさらってきた正真正銘の生娘たちである。

娘たちは全裸だ。そして、三人を除いては、頭が無かった。鉞《まさかり》で、首を切断されたのである。その切断面から流出した鮮血が、溝を伝って、池に流れこんでいる。

つまり、それは血の池なのであった。七人の処女の生血の池である。

血の池の表面は不気味に泡立ち、ぱちっぱちっ……と青白い火花が散っている。

生き残っている三人の娘も、薬物を飲まされているため、ぼんやりとした表情で天井を見つめているだけであった。

「よし、次の娘を」

血の池の上に飛び散る火花を観察していた星心が、低い声で言う。

「はっ」

そばに控えていた黒星が片手で合図すると、黒行者の一人が鉞を振りかぶった。八人目の犠牲者の表情は変わらない。

「南無、不二仙元大菩薩っ」

鉞が振り下ろされた。がっ、と木の寝台にまでくいこむ。

寝台の下へ落ちた娘の頭部は、ぼんやりとした表情のままで、已れが死んだことすら気づかぬようであった。

首の切断面から、勢いよく真っ赤な血が噴き出して溝を流れ、血の池に注ぎこまれる。

その光景は、まさに酸鼻《さんび》の極みであった。

新しい血が注ぎこまれると、血の泡が活発になった。ごぼごぼと沸き立つようになる。それにつれて、空中に散る青白い火花も、その数を増した。

「ふふふ……始祖様はお喜びじゃ」

星心が言う。血の池には、聖石――つまり、木花開耶姫命と交わって自分の首を引きちぎったという星道の頭蓋骨が沈めてあるのだ。

「順次、残りの二人の血を捧げれば、始祖様も安定されよう。そろそろ日暮れだから、わしは神通洞の様子を調べて来る。あとは任せたぞ、黒星」

「ははっ」

星心が血の池部屋を出てゆくと、黒星は、ちょっと考えてから、八人目の娘の生首の髪を摑んだ。頭の中に残っていた血が、切断面から流れ落ちる。

黒星は、血の池に近づいた。そして、

「……………」

怖々と、その首を血の池の上へかざしてみる。いきなり、生首の両眼と両耳、鼻孔、口から青白い焰が噴き出した。

「わっ」

黒星がそれを放り出すと、生首は地面に落ちるよりも先に、空中で紙のように燃え尽きてしまう。

危うく、黒星は臀餅をつきそうになった。

鉞を持っていた黒行者も、逃げ腰になっていた。

「まだ、とてもとても、我らには近づけぬわ」

額の汗をぬぐいながら、黒星は言った。その時、黒行者の一人が飛びこんで来た。

「大変です、黒星様っ」

「馬鹿者、ここをどこだと思っている。静かにせんかっ」

小声で叱りつける黒星に、その黒行者は頭を下げながらも、

「ですが……結城嵐四郎が消えました。そして、茶星が殺されております」

「な、何だとっ⁉」黒星は大声で喚いた。

「捜せ、必ず嵐四郎を捜し出すのだ！」

第九章　霊皇殿《れいおうでん》襲撃

1

「――嵐四郎様、起きて！」

女の声に強く肩を揺すぶられて、結城嵐四郎は泥のように深い眠りから目を覚ました。

身動きしようとすると、全身の筋肉が一斉に悲鳴を上げる。

「う……！」

下帯一本の裸体の嵐四郎は、打ち寄せる波のような苦痛に歯をくいしばって耐えた。頭も割れるように痛み、体中から脂汗が噴き出す。

「お許し下さい、大丈夫でございますか」

朱星は、おろおろと嵐四郎の肩や胸を手拭いでふいた。

「驚いて……早く、嵐四郎様に見ていただきたかったものですから……」

二人がいるのは、松喰虫《まつくいむし》のために倒壊した松の巨木の虚穴《うろ》の内部であった。場所は、天子ケ岳と尾根続きの長者ケ岳の麓の林の中である。

虚穴といっても直径が五尺――百五十センチほどの樹幹の内部であるから、かなり広い。そこに茅《かや》と藁《わら》を敷きつめて、寝床にしてある。そして、巨木の側面にある出入口は灌木《かんぼく》などで巧みに隠してあるから、外から見ただけでは虚穴があることすら、わからない。

朱星は昨年、偶然にこの倒木の虚穴を見つけて、これといった理由はないが、仲間には言わずに自分の胸の中に秘めておいたのだった。

今日という日がいつか来ることを、無意識のうちに予感していたのかも知れない。

嵐四郎は未《み》の下刻《げこく》――午後二時ごろに、聖山教団を裏切った朱星に助けられて、この虚穴へ運びこまれた。

そして、熊胆《くまのい》と熊の血の粉末を溶かした水を飲まされて、そのまま意識を失ったのである。

今、外は夜の闇に覆われて、枝葉の間から射しこむ月光だけが光源だった。

しばらく我慢していると、苦痛の波は少しずつ鎮まってくる。頭痛も軽くなり、喉がひりつくのを感じた。

嵐四郎は、ゆっくりと上体を起こしてみる。

「無理をなさらないで」

「いや……何とか動けるようだ」

朱星が渡した竹筒の水を、がぶ飲みしたい誘惑を意志の力で押さえつけて、一口ずつ飲む。

喉の渇きが癒《いや》されて、胃の中が水で満たされると、さらに苦痛が軽減してゆく。

「今、何刻《なんどき》かな」

満足に闘えるかどうかはともかく、とりあえず動くことくらいは出来そうだと考えながら、嵐四郎は訊いた。

「そろそろ、子《ね》の上刻《じょうこく》でございましょう」

子の上刻――午後十一時である。嵐四郎は九時間ほど熟睡していたわけだ。

「お前に飲ませて貰った薬が効いたらしい。わずかな時間《とき》で、打身の熱も引いているし、傷もかなり塞がっている」

「差し上げたのは、本物の春熊からとった熊胆でございますから」

熊胆とは、熊の胆嚢《たんのう》を複雑な工程で乾燥させた薬だ。

夏や秋の活発に動いている時の胆嚢よりも、冬眠から目覚めて穴から出て来たばかりの熊のそれが効力も高いという。

本物の熊胆は、肝一匁《もんめ》金一匁《もんめ》といって同じ重さの黄金と同じ価値があるのだ。万能薬で、打身や怪我に最も薬効を発揮する。

そして、熊の血の粉末もまた、強力な滋養強壮効果があるのだ。

「お前が、俺の全身の傷を舐めて消毒し、薬を塗ってくれたおかげだな。発熱で朦朧《もうろう》としていたが、お前の舌の感触は覚えている」

「お羞《はず》かしゅうございます。嵐四郎様の人並み外れた体力があればこそ、回復が早かったのでございましょう」

俯いた朱星の耳朶が赤く染まっているのが、月光の照り返しの淡い光の中で見ることが出来た。

嵐四郎は、彼女の両手をとった。掌を上にすると、固まりかけているが、ひどい擦過傷がある。嵐四郎を杉の木から下ろすために、縄をつかんだ時のものだ。

朱星の手を合掌《がっしょう》させて、それを左右から自分の手で包みながら、

「世話になったな、朱星」

嵐四郎が、そう言った。朱星は、ぽろぽろと大粒の涙を零《こぼ》しながら、

「わ、わたくし……たった今、ここで息絶えても、思い残すことはございませんっ」

男の膝の上に泣き伏した。嵐四郎は、その背中を撫でてやりながら、

「俺を起こしたのは、何か用事があったからだろう。それは何だったのだ」

「あ……」

朱星は、あわてて顔を上げた。涙をぬぐいながら、

「そうでございました。嵐四郎様、外へ」

彼女の手を借りて、嵐四郎は巨木の外へ出る。多少、軀がふらつくのは、やむを得まい。

「あれをご覧下さい」

朱星が指し示す方を見ると、天子ケ岳の中腹に、ちらちらと赤い炎が見え隠れし、夜空に黒煙が立ち上っているのがわかる。

「あれは、霊皇殿のあるあたりでございます」

聖山教団の本拠地である霊皇殿と、嵐四郎たちがいる場所は、直線距離で十町――一キロちょっとしか離れていない。

灯台下暗《もと》しで、朱星は追っ手の目をくらますために、わざと近場《ちかば》に隠れたのである。今頃は、鉄士隊の追っ手たちは、とんでもない遠方を捜しまわっていることだろう。

「うむ……何者かが、霊皇殿を煙攻めにしているようだな」

「煙攻め……？」

「熊でさえ、煙で燻《いぶ》されれば苦しくなって巣穴から出て来る。まして、人間ならば……俺も、もしも霊皇殿を攻略するなら煙攻めだと思っていた」

「でも、一体、誰が……」

「霊皇殿の中には、鉄士隊が二十人以上はいるはず。普通に考えれば、攻め手が一人では無理だ、最低でも五、六人……できれば十人くらいは欲しいところ……そうか、おそらく、犬丸夜九郎だな」

それだけの人数を率いて聖山教団と対決する者といえば、嵐四郎の知る限りでは、犬丸夜九郎をおいて他にはいない。

「朱星、着るものはあるか」

「はい、一通り。お刀も用意しておきましたが、近在の豪農の土蔵から持ってきましたので、お気に召すかどうか」

「構わぬ。鈍刀《なまくらがたな》なら、奴らの差料《さしりよう》を奪うまでだ」

朱星の手を借りて、肌襦袢や霰小紋《あられこもん》の小袖を着て、博多《はかた》の帯を締める。大小を左腰に落とすと、その重みが心強い。

大刀を抜いて、一振りしてみた。バランスと手溜りは悪くない。

その時、満月の光に照らされて一匹の蛾《が》が嵐四郎の前を横切った。

考えるよりも早く、嵐四郎は腰を落としつつ、抜く手も見せずに抜刀した。きらり、と刃が月光を弾いて煌《きら》めく。

左右の二対の羽根を根本から切断されて、蛾の胴体と頭だけが地面に落ちた。一度振るっただけに見えた刃は、実は二度振られていたのである。

「お見事っ」

思わず、朱星がそう言うと、嵐四郎は厳しく眉を寄せて刃を睨みつける。正常な時であれば、彼は一呼吸で三度は刃を振るって、蛾の頭部と胴部をも斬り放していたはずだ。凄まじい拷問のダメージを受けた肉体は、熊胆の薬効や嵐四郎の並はずれた体力を以《もっ》てしても、さすがに九時間で完全に回復というわけにはいかなかったのだろう。

「まあ、何とかなるだろう」

嵐四郎は肩の力を抜いて、納刀する。

「黒星は明日の夕方には天下が覆《くつがえ》ると言っていたが……どうやら、その前に奴らと決着をつけられそうだな」

そう語る彼の頬には、凶暴とすらいえる笑みが浮かんでいた。

2

すでに、三人が斬られている。

それも刃を全く合わせることなく、三人とも、ただの一太刀で仕留められているのだ。強い――いや、強すぎる。

霊皇殿の北側通路で、一人だけ残った鉄士隊の青星《しょうせい》は、掌刃を右脇で構えたまま動けないでいた。

彼の相手は、背が低く顔立ちも平凡であるが、肩幅が異様に広くて、胸囲と胴囲が同じほどの樽《たる》のような軀つきをしていた。

普通の生活をしていたら、このような体型にはならない。よほど過酷な労働か、死の淵を覗くような武道の修練からしか生まれない、特別な肉体なのであった。

「――わしの予想通りであった」

犬丸夜九郎は下段に構えたまま、くぐもった声で言った。口元を、水で濡らした手拭いで覆っている。

「関宿藩下屋敷の庭でお前たちの仲間に殺られた藩士の死骸の傷を調べ、高田富士で朱星とかいう奴の体術を見た時に、すでに予想していたことだが……お前たちの闘い方の特徴は二つある。一つは、左の籠手で防御し、右の掌刃で斬り突くというもの。そして、もう一つは、体術を駆使して自由自在に高く低く位置を変えて、道場剣法の遣い手を幻惑することだ」

二間ほどの距離をおいて二人が対峙している通路は、幅が二間、高さが一間半といったところだ。

二本の股木《またぎ》と一本の押木《おしぎ》を鳥居のような形に組んで、通路の天井を支えている。鳥居留《とりいどめ》と呼ばれる留木の組み方であった。

六尺間隔で鳥居留が組まれて、その間を〈荷《に》ない〉と呼ばれる横木が支えている。鉱山の坑道と同じような構造だった。

その通路に流れる血臭に混じって、いがらっぽいにおいがするのは、夜九郎たちが茅《かや》などを燃やして燻し攻めにした時の煙が、まだ少し残っているからだろう。

夜九郎が濡れた覆面をしているのは、この煙のためであった。

岩壁の所々に窪みが掘られて、そこに太い蠟燭が立てられている。その揺れる黄色い光が、夜九郎と青星を照らし出していた。

「だが、しかし。屋外、もしくは、天井裏や床下に逃げられる屋敷内ならともかく、このような岩壁に囲まれた狭い通路では、せっかくの目眩《めくら》まし体術も発揮しようがあるまい。皮肉ではあるな。自分たちの本拠地で、得意の術が遣えぬようになるとは」

「……………」

「さて、今一つの特徴である籠手と掌刃の優位性であるが、並の兵法者ならいざ知らず――」

夜九郎が、ごく自然な動作で大刀を下段から上段にしつつ一歩前へ出た。それに釣《つ》られたように、青星が突進する。

左の籠手で上段から振り下ろされる刃を受け止めながら、右の掌刃で相手の喉頸《のどくび》を斬り割ろうとした。

ずん………と夜九郎の刃が振り下ろされる。

「げ……っ？」

青星は左の前腕部を籠手ごと切断されて、さらに、左肩から臍《へそ》のあたりまでも断ち割られてしまった。

「――と、わしくらいの腕前になれば、ほとんど意味がないのだ」

「………」

何かを言い返そうとして青星は唇を動かしたが、すでに声にはならず、そのまま横倒しになる。血と内臓が地面に派手にこぼれる。

通路の血臭が、その濃度を増した。

夜九郎は、血振《ちぶり》した大刀を懐紙でぬぐってから鞘に納めて、

「つまり、お前らでは相手にならんということさ」

四人の死体に言い聞かせるように、呟く。これで、霊皇殿に入って彼が斬った鉄士隊は十一人になろうか。

「さて、教祖の星心は見つかったかな――」

今日の昼間、霊皇殿には三十二人の鉄士隊がいたが、嵐四郎と朱星を追うために、十人が四方へ飛んだ。

そのうちの二人と夜九郎たちは遭遇し、一人目は抵抗が激しくて殺してしまったが、もう一人は何とか生きたまま捕らえることができた。

夜九郎は、そいつを耳を削ぎ鼻を削ぐという酷《むご》たらしい拷問にかけて、聖山教団の内情や目的、本拠地のありかなどを喋らせたのである。

そして、聖山教団が徳川幕府の天下を転覆しようとする叛徒《はんと》の集団であり、聖石という恐るべき最終兵器を所有しているという事実を知ったのだ。

そこで、夜九郎は、「我らの手で謀反《むほん》人である聖山教団を倒し、聖石を幕府に献上すれば、関宿藩久世家は公方《くぼう》様の大恩人となる。お主たちの名は、徳川の世が続く限り永遠に勇士として語り伝えられるだろう。命を捨ててご奉公するのは、今ぞ。皆、死力を尽くして闘ってくれ」と十名の関宿藩士たちを煽《あお》ったのだった。

浪人である夜九郎が頭目であることに不満だった藩士たちも、さすがに事の重大さに奮い立ち、霊皇殿突撃を敢行したのである……。

「い、犬丸様っ」

北側通路の奥から、関宿藩士の一人が駆けて来た。この男も、濡れ手拭いで覆面をしている。

「苦戦しております、ご助力くださいっ」

「三人一組で黒行者一人に当たれ――と申したであろうが」

「はっ、それはお言いつけ通りに……ですが、相手がなかなかに手強くて」

「やれやれ。まさか、わしに黒行者全員を相手にしろというのではあるまいな」

それでも、こいつらが、逃げ出さずに闘っているだけましかな――と考えつつ、夜九郎は十二人目を斬るために、通路の奥へ向かって歩き出した。

3

「く、くそっ」

天子ケ岳の南側の崖――その笹の繁みに隠された抜け穴から、掌刃を手にした黒行者が飛び出して来た。

慌ただしく新鮮な夜気を胸一杯に吸いこんで、激しく咳こむ。煙を吸いこみすぎて、気管が爛《ただ》れていたのだろう。

「あ……あいつらは一体、何者だ……星心様さえいらっしゃれば……瞬《まばた》きする間に皆殺しにしてやったものを……」

「——ほほう、やっぱり教祖様は留守かね」

いきなり、背後で人の声がしたので、その黒行者は驚いた。

「ちっ」

振り向きながら、掌刃を横殴りに叩きつけようとしたが、その前に頭部に重い衝撃を受けて、ぶっ倒れる。

「ほれ、三人目」

大神の今日次は、棍棒《こんぼう》を放り出した。太い木の枝を荒削りした即製の武器である。

この霊皇殿からの抜け穴の前で網を張っていた今日次は、煙攻めで逃げ出して来た黒行者たちを即製棍棒で叩きのめしていたのだ。

「そろそろ、敵陣潜入といくかな」

気を失っている黒行者を後ろ手に縄で縛りながら、今日次が言う。

彫物師の勘五郎を救い出すために聖山教団の本拠地に潜入する——その前金は、たった五両である。こんな得体の知れぬ集団や犬丸夜九郎たちを相手にするには、どう考えても安すぎる。

しかし、金ずくで仕事を請け負うプロフェッショナルとしては、前金を受け取った以上、違約は許されない。己《おの》れの沽券《こけん》に関わるのだ。

「うん、俺《オイ》らも行くぜ」

先に殴り倒した二人の縄が緩んでいないかどうか確かめながら、お凜が言った。

今日次とお凜は、黒行者たちが天子ケ岳で目撃されていることから、この山に聖山教団の巣があると目星をつけて、山の中を調べまわった。

が、二人は道に迷って彷徨《さまよ》い歩き、夜も更けて疲れ果てた末に、ようやく薪小屋を見つけた。そこで一休みしていると、崖の下から煙が立ち上っているのに気づいた。

それで今日次たちは、この抜け穴を発見したのだが、すぐには飛びこまずに、中から逃げ出して来る黒行者を待ち伏せしていたのである。

先に捕らえた二人の黒行者からは、手の指を一本ずつ順番にへし折ってゆくという犬丸夜九郎に比べればかなり人道的な方法で、霊皇殿の内部構造を聞き出してある。

だから、中へ侵入しても、あまり迷うことはないはずだ。勘五郎は、西側の部屋に監禁されているという。

「お凜姐御は、ここで待っていた方がいいんじゃゃねえか」

「いやだよ。煙攻めをしたのは関宿藩の奴らだけど、俺らたちと同じように煙を見つけて、嵐四郎様もここへ駆けつけるかも知れないじゃないか」

「……旦那が無事ならな」

「嵐四郎様は無事にきまってらあっ」

聖山教団の拷問を受けて逆さ吊りにされた嵐四郎が、朱星という裏切り者によって助けられたと聞いて、お凜は希望を持っている。

関宿藩士の煙攻めが始まるまで、嵐四郎たちを討ち取ったという報告も来ていないのだから、その希望も必ずしも理由のないものではない。唯一、気にくわないのは、朱星という黒行者が女だということだ……。

「それに、俺らだって彫勘こと勘五郎を江戸まで連れ帰らなきゃいけない。藤姫の背中の筋彫りを消してもらわないと」

「わかった、わかった」

今日次は草鞋の紐を締め直して、立ち上がった。

「では、行くか」

抜け穴は、直径二尺半——七十五センチほどだから、身を屈めて歩くよりも四ン這いになった方が早い。まず、今日次が中へ入った。それに、お凜が続く。

内部は、当然の事ながら、真っ暗であった。三間ほど進むと、右へ曲がっている。さらに三間ほど進むと、今度は左へ曲がっていた。それから四間ほど這い進むと、突き当たりが木の壁になっている。直線距離なら五間前後だろう。

力を入れると、その壁は右へ動いた。その向こうは、明かりのついた十畳ほどの部屋である。今日次たちは、その部屋へ出た。

木の壁と思ったのは、大きな簞笥《たんす》の裏側であった。台部の下に鉄の車輪が付いていて、木のレールの上を横へスライドするようになっているのだ。

この部屋は納戸《なんど》になっているらしく、細めの丸太を並べた床に、簞笥が五棹《さお》と多くの長持《ながもち》が置かれていた。

明かりは、やはり壁の窪みに置かれた太い蠟燭だ。出入り口は、横開きの板戸になっている。

煙攻めにされた霊皇殿内部の空気は、何とか咳こまない程度にはなっていた。煙抜けの換気坑が何本も掘られているし、風回唐箕《かざまわしとうみ》という手動換気装置が働いているからだろう。

「さて」

今日次は、出入り口の板戸に耳を寄せて、通路の様子を窺う。

「よし、誰もいないようだ」

そう言って、からりと板戸を開けると、そこに大柄な黒行者が立っていた。

「っ⁉」

今日次もお凜も驚いたが、その黒行者も度肝《どぎも》を抜かれたらしい。相手が一瞬、硬直したのを見て、今日次は、さっと板戸を閉じた。

が、その板戸を、掌刃がぶち破る。ちょうど、今日次の喉笛のあたりだった。

そいつを左へかわした今日次は、板戸から突き出した右腕の手首を両手でつかむと、ひねりながら押し下げる——はずだったが、相手の腕力は予想以上だった。

右腕の位置を保持したまま、板戸を蹴り割った。その蹴り足が、今日次の脇腹にくいこむ。

「ごふっ」

息のつまった今日次が、相手の手首を放して、ぶっ倒れる。勢いづいた黒行者は、そのまま納戸へ飛びこんで来た。

その瞬間、きらりと銀光が光って、頭巾の奥の左眼に火箸を平たくしたようなものが突き刺さる。

刺雷《しらい》であった。長さ三寸、棒手裏剣の小型版ともいうべきもので、お凜が嵐四郎に教えこまれた隠し武器である。

「こ、この女ァ……」

怒り狂った黒行者が、お凜に掌刃を振るおうとした時、今日次が弾かれたように立ち上がっていた。

立ち上がりながら、左手を閃かせる。

左逆手斬りで、右脇から左の首の付根まで逆袈裟に斬り上げられた黒行者は、血を噴きながら仰向けに倒れた。

「ふう……ありがとうよ、姐御」

「お互い様だよ」

「そうだな」

今日次は、ひゅっと長脇差を血振すると、

「さてよ、西の牢屋《ろうや》だったな」

4

「では、もう一度尋ねる」

玄翁《げんのう》を手にした犬丸夜九郎は、黒行者の顔を覗きこんで、

「この血の池に沈んでいたはずの聖石は、どうした。教祖の星心はどこへ行った。答えろ」

「くそくらえっ」

長鎹頭巾を剝ぎ取られている黒行者は、吐き捨てるように言った。その声が不明瞭なのは、口に、割竹《わりだけ》を咥えさせられているからだ。舌を嚙んで自殺できないようにしているのである。

血の池の部屋には、二人の黒行者の死体が転がっている。そして、生き残った六名の関宿藩士と夜九郎、それに捕虜になった黒行者がいた。

木製寝台には十人の娘の首なし死体が縛りつけられたままという、凄惨な光景である。

捕虜の黒行者は、三人の藩士によって地面に押さえつけられていた。そいつの右手の指のうち四本は、血まみれで、しかも倍の太さに腫れ上がっている。

夜九郎が尋問しながら、一本ずつ玄翁で叩き潰したのだ。皮膚が裂け、肉が潰れ、骨が砕けている。切断された方が、よほど楽であったろう。

無事に残っているのは、親指だけであった。

「品のない奴だな」

そう言うが早いか、夜九郎は、さっと玄翁を振るった。

その黒行者は、割竹の猿轡の奥から絶叫を絞り出す。三人の藩士が跳ね飛ばされるかと思うほどの力で、背中が反りかえった。

「よし。次は左手だ。左の指を五本とも潰したら、右の足にしよう」

書類仕事の采配でもしているように、夜九郎が穏やかな口調で言うと、

「……ま……待て……待ってくれ」

喘ぎながら、黒行者は言う。

「わかった。言うから、もう勘弁してくれ……」

「素直に喋るというのだな」

「そのかわり、喋ったら命だけは助けてくれ。約束してくれるか」

真っ赤に濁った目で、黒行者は夜九郎を見つめる。

「勿論だ、武士に二言はない」

夜九郎は重々しく頷く。

「……聖石は、お前たちが攻めこんで来た時に、黒星様が持ち去った」

「黒星というのは、鉄士隊の隊長のことだな」

「そうだ。黒星様は聖石を持って、南の抜け穴から脱出し、星心様のもとへ向かったのだ……」

「抜け穴か。そいつを聞き出しておかなかったのは、わしの手落ちだったな……だが、聖石というのは、教祖以外の者が扱うと大変なことになるのではなかったのか」

「生娘の……十人の生娘の血を捧げたので、静かになられたのだ。黒星様が持っても大丈夫なくらいに落ち着かれたのだ」

「面白い、生娘十人が生贄か。聖石どころか、まるで魔石か鬼石だな」

夜九郎は苦笑する。

「まあ、良い。それで、教祖の星心の居場所は」

「神通洞……土地の者は人穴と呼んでいる」

「人穴……ああ、昼間、立ち寄った村が人穴村といっていたな」

「その村の裏手にある洞窟だ。その洞窟の中に、星心様はおられる」

「わかった。黒星は聖石を持って、星心のいる人穴へ向かったのだな。では、最後の問いじゃ」

夜九郎の目が細くなって、瞳の冷酷な光が強くなる。

「聖石の本当の力とは何だ。六月十五日の夕刻に、どうやって徳川幕府を滅ぼすというのだ」

「そ、それは……知らぬ」

黙って、夜九郎が玄翁を振り上げると、

「本当に知らぬのだっ」

黒行者は、千切れるほど強く首を横に振って、

「我らは星心様の験力を何度も見ているので、星心様が聖石には幕府も朝廷も滅ぼす力があ

ると言われれば、そのように信ずるだけなのだっ」

「なるほど、わかった」

いきなり、夜九郎は玄翁を振り下ろした、黒行者の眉間に、五分《ぶ》ほどくいこむ。

鼻孔と両耳から血を流して、物も言わずに、そいつは絶命した。あまりの手際の良さと非情さに、六人の藩士は啞然としてしまう。

夜九郎は玄翁を捨てて、立ち上がり、

「風回唐箕を動かしていた者は戻っているな……よし、我らは人穴に向かうぞ」

「お待ちください、犬丸様。佐々木《ささき》たちの亡骸を、ここに放っておくのですか」

生き残った六人の中で、最も年長の吉岡福次郎が言う。

「四名の死は、まことに残念である。だが、今は戦場《いくさば》と同じ。情《じよう》においてはまことに忍びないが、我らにとっての急務は、星心を討つことじゃ」

沈痛な表情で夜九郎が言うと、関宿藩士たちは首を垂れる。涙ぐむ者もいた。

夜九郎は、一同を見回して、

「行くぞ、人穴へ――」

第十章　魔影《まえい》

1

「消せる⁉　お前さんの羽衣彫りで、本当に彫物が消せるんだなっ」

血相を変えたお凜は、彫物師の勘五郎の胸倉をつかんで、問いつめた。

「く、苦しいよ、姐さん」

勘五郎は目を白黒させて、

「狸みたいに煙で燻されて、俺は喉が痛くてしょうがねえんだ。もう、勘弁してくれ」

「こいつは悪かったな。竹筒は、もう一本あるぞ。飲むか」

「ありがてえ」

お凜から受け取った竹筒の水を、勘五郎は喉を鳴らして一気飲みする。

そこは、霊皇殿の西にある小部屋で、座敷牢のような造りになっていた。牢の広さは三畳くらいだ。細めの丸太を並べた床に、茣蓙《ござ》が敷いてある。

牢の扉には南蛮錠が掛かっていたが、その鍵は、途中の通路に倒れていた奴の腰から今日次が頂戴した。おそらく、そいつは牢番で、敵襲と知って出入り口の方へ向かい、関宿藩士に斬られたのだろう。

「で、渡海屋勘兵衛さんよ」

今日次がそう言うと、水を飲み干した勘五郎は苦笑いして、

「兄ィ、からかっちゃいけねえ。沼津宿でそう名乗ったのは、物の怪《もののけ》みてえな怪しい奴らから逃げてるなんて話をしても、信じちゃ貰えないと思ったからさ」

「わかった。彫勘さんよ、彫物を消せるなんて、俺には信じられねえ。その羽衣彫りというのは、どうやるのだ」

「命を助けてくださったお二人だ。申し上げましょう」

勘五郎は職人らしく生真面目な表情になって、茣蓙の上に座り直した。

「一度、肌に入れた墨は消せない。当たり前だ、消えないように入れるんですからね。下手な彫物師が中途半端に針を入れると、肌の下で墨が散ってしまって、図柄が滅茶苦茶になりますが、それでも墨は汚い模様になって残る。では、どうすれば墨を消せるのか」

「誰にも答えられなかったこの問いの答えを、あっしは見つけました。わかってみれば簡単な話で、消さなきゃいいんです」

「何だとっ」

からかわれたと思ったのだろう、今日次は、むっとした表情になる。

「消そうと思うから消えないんで、消すのじゃなくて隠せばいいんですよ……白粉《おしろい》で」

「お、白粉だと……？」

「ご存じかと思いますが、彫物の技法に白粉彫りというのがございます」

皮膚の下に、墨の代わりに白粉を埋めこむと、その図柄は普通の時には見えない。

しかし、酒を飲んだり、湯に入ったり、性交で絶頂に達したりして、肌に赤みがさすと、白い図柄となって浮かび上がる。

これを白粉彫りという。

「あっしは、彫物の上に白粉を埋めこむことを思いついたんでさあ。つまり、前の図柄と全く同じものを白粉で彫るというわけです。天女の羽衣で包むように、やんわりと細心の注意を払って彫るので、羽衣彫りと名付けました」

「そんなことが……」

「……」

お凜と今日次は、思わず顔を見合わせた。

理屈としてはわからぬことはない。墨の粒子の上に、白粉の粒子を載せる。皮膚の下に白粉で化粧をするようなもので、彫物は隠せる。しかも、肌の上の化粧と違って、濡れても汗でも落ちることはない。

しかし、そんな精密な作業が人間の手で可能なのだろうか。

「信じられませんか。まあ、自分の目で見なきゃあ、信じられないのは当たり前ですがね」

得意そうに、勘五郎は言う。

「いや……俺らは見たよ。鉋の安ってごろつきの左腕にあった彫物が、たしかに消えていた。触ったら、そこが何かざらついていたけど」

「おや、姐さんは安三にお会いになりましたか」

「ああ。久保町ケ原で冷たくなってたよ。三カ所も刺し傷があった」

「あの野郎、くたばりましたか。まあ、ろくな死に方はしねえと思ってましたが……いや、羽衣彫りの話でしたね。肌の下に白粉を入れた時の唯一の弱点は、それです。触ると、どうしても、ざらっとした感じになる」

「だが、見た目でわからなきゃあ、完璧と同じだ。まさに、神業《かみわざ》だよ」

「そう言っていただくと、へへへ、彫物師冥利《みょうり》に尽きます」

勘五郎は、心底嬉しそうであった。お凜は、真剣な顔つきになって、

「頼みがある。七歳の女の子の背中に、筋彫りがある。図柄は言えねえが……羽衣彫りで消せるか」

「七つ…七つねえ……」

「頼むよ、消してやってくれ。とっても気の毒な身の上の、とっても可哀相な子なんだ。彫料は言い値で払う。この通りだ」

お凜は茣蓙に両手をついて、頭を下げた。

「姐さん、お手をお上げなすって。その子は、ひ弱ですか」

「いや。育ちはいいが、軀は弱い方じゃないと思う」

顔を上げて、お凜は答える。

「なら、時間をかければ何とかなるでしょう。子供の肌は大人より弱いから、少しずつやった方がいい。暈《ぼ》かしのない筋彫りなら、割と簡単ですよ」

「そうか……」

男装のお凜は、長々と吐息をついた。

「女の子でようございました。これが男なら難しかったでしょう。何しろ、男の子は七つを過ぎるまでは、女の子より脆《もろ》いですからねえ。それに、彫料のことは心配しないでくださ

い」

彫勘は改まった口調になって、

「あっしは、神業だというさっきの姐さんの言葉が嬉しかった。職人にとって、これ以上の誉め言葉はございません。こちらから、お願いします。ぜひ、その子に羽衣彫りをさせておくんなさい」

手をついて深々と頭を下げる勘五郎に、

「勘五郎さんっ」

感激したお凜は、彫物師の手をとって涙ぐんだ。

「――盛り上がってるとこで、悪いんだが」

脇から、大神の今日次が口をはさむ。

「俺にも訊きたいことがあるんだ、彫勘さんよ」

「へい、何でしょう」

「お前さん、なんで聖山教団に攫《さら》われたんだね」

「決まってるじゃありませんか」と勘五郎。

「彫物を消すように頼まれたんですよ。五十両でね。もっとも、細かく言えば彫物じゃなくて、入墨《いれずみ》ですが」

「入墨……聖山教団の中に、入墨者がいるのかっ」

代官所手配の賞金首を狩るのが本業の賞金稼ぎである今日次は、目を輝かせた。

「いるも何も、星心ですよ、入墨者は」

「教祖の星心が前科持ちなのか⁉」

今日次のみならず、お凜も驚いた。

「へい。あっしが消したのは、左の肘の上のサの字の入墨。あいつは、佐渡の金山送りになった無宿人なんでさあ」

越後《えちご》の沖に浮かぶ佐渡島には、江戸幕府直轄《ちょっかつ》の鉱山がある。俗に佐渡金山と呼ばれているが、正確には、金と銀と銅を産出している。

坑道の奥には水が溜まるので、これを一日中休みなく汲み出すのに、多くの人手を必要とした。そのため、江戸や大坂で人別帳から外された無宿人を多数捕らえて、これを佐渡へ送った。

これが水替人足《みずかえにんそく》である。

人足は、丸一昼夜——二十四時間勤めてから交代という過酷な仕事で、しかも採掘のための粉塵《ふんじん》や照明器具の煙を吸うから、疲労と塵肺《じんぱい》で命を縮める者が続出した。

「これじゃあ死んじまうと、五年ばかり前の冬に島抜けしたそうで。よくも荒波越えて、越後に辿り着いたもんでさあ」

「海の荒れる冬場に島抜けする奴がいるなんて、役人どもも思わなかっただろうな……まてよ、五年前だと？」

今日次は懐から、折り畳んだ賞金六十両の凶悪犯の手配書を取り出した。そいつを広げて、

「甲州無宿、羽根虫の善兵衛……佐渡を島抜けしたのが五年前か。おい、彫勘さん。教祖の星心てのは、どんな野郎だい」

「そうですねえ――」

背丈は普通、年齢は四十七、八。鶴のように痩せた穏やかな顔立ちの男で、顎の左側に小さな傷がある――と勘五郎は言った。

「顎の左側の傷は、佐渡の坑内で倒れた時に、岩の角でこさえたものだ。なるほど、よく見れば、この霊皇殿は坑道造りになってる。間違いねえ、星心は賞金首の善兵衛だ。こりゃあ、棚から牡丹餅《ぼたもち》ってやつだな。うはははは」

上機嫌になる今日次であった。お凜が不思議そうに、

「それにしても、勘五郎さん。入墨を消す仕事が終わったのに、よく殺されなかったね。普通なら、親玉の秘密を知っちまったんだから、口塞ぎに息の根を止められるところだ」

「へい。万が一、消した入墨が見えるようになった時の用心に、まだ当分生かしておくと言ってました」

「なるほど……」

「そんな事は、どうだっていいんだよっ」

今日次は立ち上がった。

「善兵衛野郎の偽教祖様の六十両首の星心は、今、どこにいやがるんだ⁉」

2

犬丸夜九郎は、ふと足を止めて、

「待て」

六人の関宿藩士を制した。

人穴村に近い森の中である。明かりは持っていないが、満月の光が木々の間から射しこんでいた。

「犬丸様、何か？」

吉岡福次郎が問いかけるが、夜九郎は身じろぎもせずに、じっと気配を探っている。

その様子を見て、藩士たちも不安そうに、周囲を見回した。聞こえるのは、遠くで鳴く夜鴉の声くらいだ。

と、一同の先頭にいた藩士が、

「ひァ……っ」

間の抜けた声を出した。皆が、声のした方を見ると、その藩士は、頭部が消失していた。そのまま、仰向けに倒れる。首の切断面から血が溢れ出た。そして、その近くに、天から落ちてきたものが、どさっと転がる。それは、藩士の生首であった。

「わっ」

藩士たちは、足下に毒蛇がいたかのように跳び退がる。すると、首を切断された藩士の前方の暗闇の中から、ぬるりと出現したものがあった。

月光を浴びたそれは、黒行者であった。

嵐四郎に倒された褐星も巨漢であったが、こいつは、さらに大きい。身長は七尺――二・一メートル以上あるのではないか。江戸で伊奈蔵の乾分どもを始末した白星であった。

右手に、二間――三・六メートルほどの長さの長柄《ながえ》武器を持っていた。

先端は鋭く尖り、その下に二枚の掌刃が背中合わせに装着されている。双頭斧《そうとうふ》の形だ。しかも、柄の反対側――石突《いしづき》の上にも、やはり二枚の掌刃が装着されているのだ。

長柄の両端に二対四枚の掌刃を装着した武器、双頭両斧《そうとうりょうふ》とでも呼ぶべきか。先端の掌刃が血で濡れている。

「貴様ら……霊皇殿を襲って仲間を殺したな……そして今、神通洞をも濆《けが》そうとしている……許さぬ、この白星が皆殺しにしてやるぅぅ！」

吠えるように宣言すると、両手で、双頭両斧を水車のように勢いよく回転させた。

すでに抜刀していた関宿藩士であったが、白星に斬りこむ隙を見つけることはできなかった。

それどころか、回転する掌刃を大刀で受け止めようとした奴が二人、あっさりと刃を切断されてしまう。無論、首も一緒にだ。

さらに、もう一人が、胴体を真っ二つに斬り割られる。

「てぇいっ」

吉岡福次郎が、斜め後ろから斬りこんだが、下から跳ね上がって来た掌刃に右腕を斬り落とされる。バランスを失って、福次郎は左へ倒れた。

「た、助けてくれ——っ」

最後の一人は、あろう事か、刀を捨てて子供のように逃げ出した。

霊皇殿内部の闘いのように、藩士三人で一人の黒行者にかかる戦法ならともかく、圧倒的に強い巨大な敵に正面から立ち向かうような根性は、持ち合わせていなかったのであろう。

が、そいつの逃亡は長く続かなかった。

五間と走らないうちに、白星の双頭両斧に、頭の天辺から股間まで縦一文字に斬り割られる。

一人の人間の肉体が、右と左へ半分ずつ倒れた。血と臓腑が、周囲に散らばる。

圧倒的な強さを誇る殺人機械のような白星は、ゆっくりと振り向いた。

そこに生きているのは、犬丸夜九郎と右腕を失った出血多量の福次郎だけであった。

夜九郎は、この修羅場に身を置きながら、白星の出現前と同じ姿勢を保ったままである。

大刀を抜いてすらいない。

「──わかった」

夜九郎が静かに言った。

「何がわかったというのだ。今日が貴様の命日だということか」

じりじりと近づきながら、白星が言う。

「いや……お前が木偶《でく》の坊《ぼう》だということが、さ」

夜九郎は薄く嗤う。

「くたばれぇぇぇ——っ!!」

激怒した白星は、双頭両斧を夜九郎の頭に真上から叩きつけた。

が、その掌刃は空を切って、地面に深々とめりこんでしまった。夜九郎が、わずかに左へ移動して、五分《ぶ》の見切りでかわしたのである。

そして、掌刃が地面にめりこむや、その長柄に右足をかけた。そのまま、柄の上を滑るように駆け上り、

「むんっ」

抜き打ちで、水平に刀を振るう。

長錣頭巾ごと頸部から切断された白星の頭部は、驚愕の表情を顔面に張りつけたまま、二間ほど先へ吹っ飛んだ。

関宿藩士六人が斬られるのを観察して、犬丸夜九郎は、相手の腕前と弱点を冷静に計算していたのだった。

夜九郎が柄から飛び降りると、頭部のない巨体が前のめりに、地響きを立てて倒れる。首の斬り口からは、醬油《しょうゆ》樽を倒したように大量の血が流れ出す。

それを見届けてから、夜九郎は血刀を下げて福次郎に近づいた。

「犬丸様…手当を……血止めをお願いいたします……」

脂汗にまみれて苦悶しながらも、強敵を倒した夜九郎を見て、福次郎の顔には安堵の色があった。

「吉岡殿」夜九郎は淡々とした口調で言う。

「さらばじゃ」

血刀の先端が、最後の関宿藩士の左胸を貫く。少しひねって止どめをさしてから、夜九郎は引き抜いた。すでに相当量の血が流出しているので、この傷からの出血は弱々しい。

吉岡福次郎は、自分が死んだことをまだ知らぬかのように、惚《ほう》けたような顔をしたままであった。

夜九郎は血振すると、懐紙で刃をぬぐって納刀する。闇の奥、人穴の方向に目をやって、

「この騒ぎの間に、抜け駆けした奴がいたようだな……まあ、いい。雑魚《ざこ》は所詮、雑魚だ」

その顔に浮かんだ嗤いは、鱶のように残忍なものであった。

「見張りは、この二人だけかな」

大神の今日次は、洞窟の入口の前で長脇差にぬぐいをかけた。近くには、二人の黒行者が血に染まって倒れている。

彫物師の勘五郎をお凜に任せ、今日次は闇の中を狼のように駆け抜けて、この人穴まで

やって来たのだった。

途中、森の中で黒行者の巨漢と関宿藩士たちが対峙しているのを目撃したが、できれば両者相打ちになってくれると好都合だ。

長脇差を鞘に納めた今日次は、霊皇殿から持ってきた蠟燭に火をつけようとしたが、それは必要ないことに気づいた。

人穴――神通洞の奥には、明かりが灯《とも》っている。

「面白れえじゃないか」

不敵に微笑んだ今日次は、洞窟に足を踏みこんだ。

人を紙のように燃やす聖石とかは、何かからくりがあるに違いない。佐渡帰りの賞金首野郎が教祖様なのだから、種も仕掛けもある偽物教団であろう。

それなら、賞金稼ぎの一匹狼、大神の今日次の出番ではないか。闇目付・結城嵐四郎が来る前に、俺が決着をつけてやる……。

中にはいると、天井は高かった。空気が、ひんやりとしている。

奥の方に広間のような空間がある。そして、天井と地面を繋ぐ太い石柱が真ん中に立っていた。

明かりは、その石柱の手前の壁に立てられた蠟燭だった。

そして、その石柱の虚穴《うろ》に白い行者装束の男が座っていた。瞑目《めいもく》している。

「おっ」

全く人の気配を感じなかったので、それを見た今日次は驚愕した。

「てめえ、聖山教団の星心か」

その男が、ゆっくりと目を開く。

「何者か」

「聞いて驚くなよ。てめえには初見参《ういけんざん》、俺様は木曾福島は大神村生まれ、渡世名《ふたつな》を大神の今日次という賞金稼ぎだ。木曾狼と呼ぶ奴もいるぜ。そして、てめえは羽根虫の善兵衛、五年前に佐渡を島抜けした六十両首だ。さあ、仕事にさせてもらうから、観念して、そっから出て来やがれっ」

立て板に水の名調子で啖呵《たんか》を切ると、星心は、じっと今日次を見つめて、

「――なるほど、これは驚いた。懐かしい人に会うものだ」

「懐かしい、だと……誤魔化すな！」

今日次は怒気を露《あら》わにして、

「てめえの間抜けな手下と一緒にするな。舌先三寸で俺様から逃げようったって、そうはいかねえぜっ」

左逆手で、さっと長脇差を抜き放つ。が、星心はあくまで穏やかな口調で、

「私の顔を見忘れたのかね、今日次さん――」

3

嵐四郎の剣先が、黒行者の喉を貫いた。

「く……っ」

長錣頭巾のスリットの奥の眼が、光を失って水っぽくなる。

左の籠手で刃を受け止め、右の掌刃で攻撃するという黒行者の戦術も、相手が突きで来た場合には、あまり有効ではない。まして、かわすことも逃げることも出来ぬ電光の突きとなれば、なおさらである。

嵐四郎は、大刀を引き抜きつつ、左へ移動した。喉の傷から血を噴きながら、その黒行者は、前のめりに倒れる。

「これで三人目か」

血振をした嵐四郎は言う。

人穴まで、あと半町ほどの距離であった。長者ケ岳の麓からここに来るまで、二人の黒行

者に襲われたが、嵐四郎は何《いず》れも一撃で倒している。彼らは、嵐四郎と朱星を捜索に出ていた者たちだろう。

「大丈夫でございますか、嵐四郎様」

少し離れた場所にいた朱星が、彼に駆け寄る。

「うむ。ようやく、軀がほぐれてきたようだ」

拷問の痛手から完全に回復したわけではないが、鉄士隊を相手に引けを取らぬ程度には、軀が動くようになっている。

「あっ、入口の前に誰か二人、倒れています」

夜目の利く朱星が言った。

嵐四郎たちが近づくと、二つの死体は黒行者であることがわかった。

「犬丸夜九郎だろう。奴が、先に神通洞へ入ったか」

「嵐四郎様……」

「ここに残れ――と言っても、お前は聞かぬだろうな」

嵐四郎は苦笑いを浮かべる。

「死ぬも生きるも、嵐四郎様とご一緒に」

眦《まなじり》を決《けつ》して、朱星が言った。

「よし、行くか」

嵐四郎たちは、洞窟の中へ入った。

蠟燭の明かりを目指して歩くと、石柱の前の広間のような場所に出る。石柱の虚穴《うろ》には、人の姿はなかった。

「──出て来てもらおうか」

嵐四郎は、石柱に向かって言い放つ。その蔭に、人の気配を感じたのである。

静かに、人影が石柱の向こうから登場した。蠟燭の光に照らし出された姿を見て、さすがの嵐四郎も驚く。

「今日次……なぜ、ここにいる。表の二人を始末したのは、お前か」

「旦那。お久しぶりです」

寂しげな口調で、今日次は言った。

「あっしがここにいる理由をみんな話すと長くなりすぎるから、手短《てみじか》に言いましょう。お凜姐御が、そこまで来てますぜ。彫物を消せるという勘五郎は、聖山教団の連中に連れて来られたが、無事に助け出しました」

「そうか。それは良かった」

藤姫の不幸が解決できそうだと知っただけで、嵐四郎は、安堵と湧きあがる新たな活力を感じた。お凜の名を聞いた朱星が、少しだけ表情を曇らせる。

「ところが、良くねえ知らせがありますんで」

今日次は、長脇差の鯉口を切った。

「あっしは、旦那を斬らなくちゃならねえんですよ」

「……どういうことだ」

朱星の軀をそっと脇へ押しやりながら、嵐四郎は問う。

「とんでもねえ巡り合わせだが、聖山教団の星心という教祖は……実は、あっしの命の恩人だったんですよ」

十年前――川越の近くで、行き倒れになった今日次を救った薬売りの清治が、星心だったのである。

清治は、その翌年に、商売仲間のあくどい罠にはめられて、旅商いの権利を取り上げられてしまった。人別帳からも外されて、無宿人となった清治は、渡世人の群れに身を投じて、羽根虫の善兵衛と名乗るようになった。

が、大坂の無宿人狩りで捕まり、佐渡へ送られたのである。

水替人足の仕事は地獄だった。環境の良い場所であっても、一昼夜ぶっ続けの作業は、軀に応えるだろう。まして、地の底で、澱んだ空気と粉塵と生き埋めの危険にさらされての二十四時間作業は、肉体的にも精神的にも拷問以上である。

が、その過酷な状況が、善兵衛の血の奥に眠っていた異能力を目覚めさせた。彼は、角行十番目の弟子・星道の血脈に連なる者だったのだ。

翌年、善兵衛は佐渡奉行所の役人を二人殺して、島から脱出した。そして、異能力の導くままに冬の日本海を渡り、越後に上陸しえたのである。

越後から富士に向かった善兵衛は、無謀にも冬の富士山に登ったが、七合五勺目付近に星道の頭部は見つからなかった。

下山した善兵衛は剃髪《ていはつ》すると、名を星心とかえて星道を開祖とする聖山教団を組織し、信者を集めだした。その信者たちの肉体に己れの気を注ぎこむことによって、身体的潜在能力を目覚めさせ、これを鉄士隊としたのである。

そして、鉄士隊が商人や富農の蔵を襲って活動資金を蓄え、天子ケ岳に霊皇殿を建設したのである。佐渡の鉱山での経験が、霊皇殿造りに役立ったことはいうまでもない。

それと並行して、星心は荒行で異能力に磨きをかけた。そして、ついに、江戸の高田富士のどこかに、星道の頭部があることを知ったのである……。

善兵衛の手配書の年齢が、実年齢よりも五歳ほど多かったのは、無宿人に堕《お》ちたのと佐渡鉱山の重労働のせいで老《ふ》けて見えたからであった。

そして、正体を明かした星心こと清治は、今日次に言った。十年前の借りを返してください――と。

「なるほど、命の恩人の頼みか。義理堅いことだ」

嵐四郎は冷たく言う。

「普通なら、あっしに勝目は少ないが……今の旦那なら斬れるかも知れねえ」

それを聞いた朱星が、無言で嵐四郎の前に飛び出そうとした。

「動くなっ」嵐四郎が叱りつける。

「俺の言うことが聞けぬか」

「……はい」

仕方なく、朱星は壁まで退がる。

嵐四郎と今日次は、三間ほどの距離を置いて対峙した。

「もう一度、お前とやりあう時が来るとは思わなかったよ」

「あっしもでさあ」

二人は、互いの瞳を見つめ合った。

嵐四郎の負傷がハンディになって、二人の実力は伯仲《はくちゅう》している。どちらが倒れるにしても、勝った方もまた、無傷ではすむまい。

「――面白そうなことをしておるのう」

突然、入口の方から聞こえた声は、三人の心臓を貫いた。嵐四郎が、今日次が、朱星が、声のした方を見る。

そこに立っていたのは、犬丸夜九郎であった。

「結城嵐四郎が星心を追うのはわかるとして、賞金稼ぎの今日次がその前に立ち塞がるのは、どういうわけだ。星心の首に、賞金でもかかっておったか」

嵐四郎も今日次も、その問いには答えない。

「まあ、良い。どうせ、みんな死んでもらわんとな」

夜九郎が大刀を抜き放つ。彼と嵐四郎、今日次は、自然と等間隔に三角形を描く位置になった。

「そいつは、どういう意味です。犬丸の旦那」

「わからぬか。聖石とやらは、それ一つで徳川幕府を転覆するほどの力を持つというではないか。だったら、わしがそれを使って天下を治めても不都合はあるまい」

とてつもない野望を口にする夜九郎であった。

「夜九郎、聖石は星心が持っているのだぞ」

「だから、星心はわしが斬る。聖石の使用法を白状させてからな。その前に、お前たちも斬る。そういうわけだ」

　こともなげに、夜九郎は言う。

「特に、拷問を受けた嵐四郎は適度に弱っていて斬りやすそうだな」

　嵐四郎が本調子であっても、夜九郎とは五分五分の勝負になるだろう。まして、今の身体状況では、嵐四郎が勝てる可能性が大幅に減っていた。

　三角決闘である。三人は、互いに互いの目を覗きこんで、相手の動きを読もうとする。

「………」

　果たして、どちらが先に斬りかかって来るのか。

「………」

　どちらへ先に、斬りかかれば良いのか。

「………」

　嵐四郎、今日次、夜九郎――三人の全身から発せられる闘気が、洞窟内に充満してゆく。

　その見えない重圧に、朱星は、呼吸するのさえ苦しいほどだ。

　ややあって、三人の刃が同時に鞘走った。

　今日次の逆手に抜いた長脇差が、夜九郎に向かって放たれる。同時に、嵐四郎は夜九郎に向かってダッシュしていた。事前に綿密な打ち合わせをしていたような、見事な連携であった。

　夜九郎は、飛来した長脇差を弾き上げた。

　その時には、嵐四郎が眼前に迫っている。

　夜九郎が刀を返して斬り下げるよりも先に、嵐四郎の大刀が、その右腕を斬り飛ばしていた。

「ぬおっ」

　バランスを失して崩れる姿勢を制御しつつ、夜九郎は、素早く左手で脇差を抜こうとした。その手首に、三角礫が突き刺さる。無論、朱星が投げたものだ。

　次の瞬間、右へまわりこんだ嵐四郎の刀が、夜九郎の頭部を斬り下げていた。

　能面を外すように、こめかみの辺りから夜九郎の顔が頭部から分離し、べちゃりと地面に落ちた。切断面から、豆腐のような灰白色の物体がこぼれ落ちて、夜九郎の軀は俯せに倒れる。

　血振した嵐四郎は、朱星の方を見て、怒ってはいないというように小さく頷いてやる。朱星は、ほっとした表情になった。

　それから、嵐四郎は今日次の方を向いた。今日次は、生気のない顔で突っ立っている。

「今日次、助かったぞ」

「――へい」

長脇差を拾って納刀すると、石柱の虚穴に腰を下ろす。

「あっしは、恩知らずになることに決めました。旦那はどうぞ、どこへでも行ってください」

一度に十歳も年を取ったような力のない声で、今日次は言った。

「そうか」

嵐四郎は、朱星に目で合図をすると、石柱の脇から奥へ進む。

「俺ァ、もう……行き倒れを見かけても、声をかけるのはやめよう……」

また一つ、心の奥で大事にしていた何かを失ってしまった賞金稼ぎは、そう呟いて面《おもて》を伏せた。

じ、じじ……という蠟燭の芯が燃える小さな音だけが、静かになった広場に漂う。

4

石柱から奥へ進むと、右へ分かれる道があった。二百五十年ほど前に、徳川家康が桐生村まで逃げたという支道であろう。今は、落盤で行き止まりになっているはずだ。

主道の方を、嵐四郎と朱星は奥へと進む。肋骨状の溶岩壁の窪みに蠟燭が立てられているので、歩くのに不自由はない。

しばらく無言で進むと、天井から水が滴り落ちて池になっている場所があった。右手に、飛び石のように数個の岩が突き出している。

その岩伝いに進むと、四間ほど先で池は終わり、地面が見えている。その地面の少し先には、巨大な筍《たけのこ》を思わせる溶岩石筍《せきじゅん》が乱立していた。

高さは二尺から五尺くらいだ。その表面は、蠟燭の滴《しずく》を垂らしたような荒れた鱗《うろこ》のような不気味な形状である。

飛び石から地面に降り立った嵐四郎たちが、その石筍の林の中へ入ろうとした時、何かが嵐四郎の顔面目がけて飛来した。

嵐四郎は、大刀の柄頭《つかがしら》で、それを弾き飛ばす。弾かれたそれは、溶岩壁に当たって、地面に落ちた。鉄士隊の三角礫であった。

「――死に損ないと裏切り者が、よくぞ、ここまで辿り着いたな」

石筍の蔭から現れたのは、鉄士隊隊長の黒星であった。さらに、別の石筍からも三人の黒行者が姿を現す。

「黒星。星心は、この奥か」

「ふ、ふふ。星心様は、もっともっと先の方に居られるよ」

「八葉蓮華の座に、か」

「む……それを知っておるのか」

「たしか、富士の頂上には八つの峰があり、それを八葉蓮華と呼ぶそうだな」

富士山頂の火口は最大直径八百メートル、深さ二百メートルの擂鉢《すりばち》状で、円周が四キロ。

お鉢とも呼ばれ、周縁部には八つの隆起がある。

それが、剣ケ峰《けんがみね》、釈迦ケ岳《しゃかがたけ》、薬師岳《やくしだけ》、大日岳《だいにちだけ》、阿弥陀岳《あみだたけ》、勢子ケ岳《せこがたけ》、駒ケ岳《こまがたけ》、文殊岳《もんじゅだけ》であり、この富士八峰を、八葉蓮華とか芙蓉八朶《ふようはちだ》とか呼ぶ。

富士講の信者は、富士の頂上まで登っても、この八峰を巡らなければ、本当に富士登山したことにならないと思っている。

「六月十五日の夕暮れに、聖石を富士の山頂に運んで、星心は具体的に何をしようとしているのだ。星道の首だけで、本当に天下がとれると信じているのか。愚か者め」

「……」

「たしかに、あの石には人間を燃やしてしまう奇怪な力がある。それは認めよう。だが、旗本八万騎を相手に、あの石だけで勝てるわけがない。奇怪な力は三間までしか利かぬというし、十人や二十人燃やしている間に、弓矢か鉄砲で撃たれれば、それまでだろう」

「ははは、愚か者は貴様の方だ」

黒星は自信たっぷりに嘲笑して、

「どうせ、ここが墓場となる貴様だ。死出《しで》の旅の土産《みやげ》として、教えてやろう」

三人の黒行者たちの方も見て、

「お前たちも聞いておけ。始祖様と星心様の偉大さが、よくわかるぞ」

「はっ」

掌刃を構えた黒行者たちは、頭を下げる。

「徳川の兵隊どもを一人一人倒すなどという、そんな面倒な真似はせん。星心様はな、江戸という土地そのものを滅ぼされるのだ」

「幼児の夢だな」

「貴様……影富士《かげふじ》を知っておるか」

黒星の瞳が、狂的な輝きを帯びた。

「快晴の日、太陽が西の空に沈む直前に、六十余州で最も高い富士の山の影が、東へ東へと延びる。これが影富士だ。最長の時で、先端が安房上総《あわかずさ》まで伸びるという」

「まさか……」

「影富士は、仙元大菩薩様の化身《けしん》じゃ。そして、始祖星道様は、その仙元大菩薩様と通じて、お力《ちから》を賜《たまわ》った。よって、その始祖様の首は、影富士を通じて仙元大菩薩様の無限のお力を地中より引き出すことが出来る。さすれば、江戸は、誰も見たことも聞いたこともないような大規模な地震に襲われて……ははは、完全に壊滅するのだ。猫の子一匹たりとも生き残るまいよ」

「馬鹿なことを……」

さすがの嵐四郎も青ざめた。朱星が無意識のうちに、その腕をぎゅっと握る。

「その始祖様の首は、御血筋であられる星心様だけが操ることが出来る。星心様の前では、己れが蟻よりも無力な存在だということが、よくわかったか、結城嵐四郎！」

「わかったとも」嵐四郎は叫んだ。

「お前たちは、生かしておく理由が一つもない外道だということがなっ」

「たわけっ！」

黒星と三人の黒行者が、一斉に三角礫を放った。

朱星が邪魔にならないように一間半ばかり脇へ跳ぶのと、嵐四郎が抜き打ちで四本の三角礫を叩き落とすのが、ほぼ同時であった。

肉体と魂の奥深くで交わった男女は、言葉を交わさなくても相手と呼吸を合わせることが出来るのだ。

さらに、朱星が連続技で黒星たち四人に三角礫を放つ。

「むっ」

「おぉっ」

掌刃でその三角礫を弾き落としている間に、嵐四郎は四人の間近に迫っていた。もはや、三角礫を放つほどの余裕がない。

「ぐあっ」

手前の黒行者が、左籠手で防ぐ間もなく、袈裟懸けに斬られて血煙を上げる。そいつが倒れるよりも先に、横薙ぎの太刀が、二人目の黒行者の首を落とす。

三人目の黒行者は、身を屈めて、凄い勢いで嵐四郎の水月《すいげつ》に掌刃を突き出した。まともに受ければ、背中側から刃が突き出したかも知れない。

が、その空間には何もなく、掌刃は虚しく宙を抉った。嵐四郎が高々と跳躍したからだ。

落下しつつ、嵐四郎は大刀で斬り下げる。頭部から胸までを縦に斬り割られて、そいつは踏みつぶされた蛙のように地面に倒れる。

「くそっ」

黒星は、とっさに石筍の蔭に隠れた。そこで態勢を立て直して、攻撃に転じようとしたのだろう。

が、無言の気合とともに、嵐四郎が諸手突《もろてづ》きを繰り出した。

その切っ先は、信じられないことに、石筍を貫いて黒星の胸の真ん中に突き刺さる。

「あ…ああ……」

弱々しい悲鳴を上げて、黒星は臀餅をついた。そのまま、大の字に倒れしまう。

嵐四郎は、石筍の左側を廻って、黒星の脇に立った。右手の掌刃を蹴って、遠くへ飛ばす。

「死ぬのか……星心様の世直しも見ずに、俺は死ぬのか……」

口の端に血の泡《あぶく》を溜めながら、黒星は無念そうに呟く。

「地獄で待っていろ。じきに、星心もそこへ行くのだからな」

「は……ははは……」

黒星の両眼に、かっと最後の焰《ほのお》が灯《とも》った。

「馬鹿め。あと半刻もすれば、江戸は壊滅じゃ……誰も、それを止めることは出来ぬ。はははは、は」

その喉の奥から、ごぼっと血の塊を噴き出して、黒星は首を垂れた。絶命したのだ。

「嵐四郎様っ」駆け寄った朱星が、男の肩にすがりつく。

「どういう意味でしょう、今の黒星の言葉は」

「わからん。江戸に達する影富士は、今日の夕方にしか出ないはず。今は、寅の上刻の前くらいだろう」

寅の上刻――午前三時である。

「まだ、夜も明けておらんのに、何をどうしようというのか……」

かつてない大惨事を未然に防ごうとすることで、嵐四郎といえども、頭がいっぱいになっていたのだろう。朱星も同じだ。

だから、池の水面に顔を出していた小さな竹筒が音もなく持ち上がって、水の中から黒行者の上半身が現れたのに、二人とも気づかなかった。

その頭巾無しの黒行者が、両手に三角礫を構えて、二人に向かって同時に放とうした瞬間、

「うぅっ……」

そいつは短く呻くと、前のめりに倒れて派手に水飛沫《しぶき》を上げる。盆《ぼん》の窪《くぼ》の急所には、刺雷が突き刺さっていた。

「お凜！」

水音でようやく気づいた嵐四郎は、飛び石を伝って来る男装娘を見た。

「嵐四郎様っ」

歓喜に溢れる表情で男の首にすがりついたお凜は、女黒行者に鋭い一瞥《いちべつ》をくれる。朱星も

また、年下の男装娘を睨み返した。瞬時に、険悪な空気が醸《かも》し出される。

「聞けっ」嵐四郎が一喝《いっかつ》した。

「我らが力を合わせて星心の野望を挫《くじ》かねば、百万もの無辜《むこ》の命が奪われるのだぞっ」

「は、はい……」

「わかりました……」

お凜と朱星は、力なく項垂《うなだ》れしまう。

「すでに、星心は聖石を持って頂上に達しているのか。いや、富士の頂上までは一日がかり
二日がかりと聞いたが……」

「嵐四郎様、それですっ」

張り切って、お凜が顔を上げた。

「それの大事なことを申し上げるために、彫物師の勘五郎を今日次兄ィに預けて、俺らは、
追っかけて来たんです」

「大事なこととは」

「勘五郎が彫物を消す作業をしてる間に、星心が自慢げに話したらしいけど……この神通洞
の奥は、富士の頂上に直接、繋がっているのだそうです」

「本当かっ」

嵐四郎のみならず、朱星も驚いた。おそらく、星心と黒星以外は誰も知らぬ秘密だったのだろう。

「しかも、四半刻《しはんとき》かそこらで頂上に出られるとか。とても信じられないけど」

「まるで天狗の飛行術だな。なるほど、神通洞という呼び名は、そういう意味があったのか」

古来より天狗の神隠しという伝説があり、京にいた人間が翌日は江戸にいたなどという不思議譚《たん》が数多くある。

天狗は高速で飛行するから、人間の歩行速度とは比べものにならないほど速く、遠隔地に辿り着けるという解釈だ。

だが、仮に、空間がねじ曲がってる場所があれば、遠距離も一瞬で移動できることになる。これを跳道《ちょうどう》の法と呼ぶ。

元々、富士の人穴には怪奇譚が多い。最も有名なのは、仁田四郎《にったしろう》の一件であろう。

建仁《けんにん》三年――西暦一二〇三年、鎌倉幕府第二代将軍の源頼家《みなもとのよりいえ》に命じられた仁田四郎忠《ただ》常《つね》は、富士の人穴の内部を調査することになった。

五人の家来を連れた四郎は、十分な準備をして人穴へ入ったが、丸一日たって生還したのは、四郎と家来一人だけであった。

人穴の中では、数百匹の蝙蝠《こうもり》や蛇の大群、大勢の鬨《とき》の声と女の泣き声、さらに地底の大河と正体不明の火玉に遭遇《そうぐう》し、四人の家来を失ったのだという。大河に太刀を投げ入れることによって、四郎は何とか命だけは助かったのだそうだ。

そして、その年の内に仁田四郎は加藤景廉《かとうかげかど》に殺され、失脚した頼家も翌年、幽閉先の修善寺《しゅぜんじ》で暗殺された。人々は、仙元大菩薩の祟りだと畏《おそ》れたという……。

「とにかく、急いで奥へ進むのだ。本当に頂上に繋がっているかどうかは、行けばわかる」

すると、朱星が遠慮がちに、

「五合目以上は女人禁制ですけど、わたくしたちが嵐四郎様とご一緒しても、よろしいのでしょうか」

「うーん、山の神様は女だから、女が入山すると怒るというよね」

お凜も、そう言った。二人とも熱烈に同行を希望しているが、それで嵐四郎に迷惑がかかるのを心配しているのだった。

「案ずるな」

結城嵐四郎は、鮮やかな笑みを見せて、

「百万の命を奪おうとする邪悪な外道を、我らは退治しにゆくのだ。それを咎《とが》めるものなら、神ではない、邪神だ。さあ、行くぞ」

5

風が吹きこんでいる。

ただの風ではない、木枯《こがら》しのように冷たい風だ。

「六月半ばだってのに、何だ、この寒さは」

七色に光る苔《こけ》の生えた不可思議な洞窟を進みながら、お凜は震え上がった。

「御山の上は、真夏でも晩秋のように寒いそうです。星心様を追って山頂まで行くとわかっていたら、寒さよけの用意をしてきたのですが」

朱星が残念そうに言う。

洞窟の道は、右へカーヴしている。そこを曲がると、

「出口、らしいな」

嵐四郎は言った。

五間ほど先に、ぽっかりと開いた空間がある。夜だから陽射しはないが、ぼんやりとした月の光が遠くの斜面を淡く照らし出していた。風は、そこから吹きこんで来るのだった。

「頂上にしては、向こう側に斜面が見えるのは妙だな。富士より高い山はあるまいに……」

出口に到達して外を見ると、その理由が判明した。

「何、ここは？　でっかい擂鉢か蟻地獄みたいだな……」

「火口の内側だ。俺たちは、火口の中にいるんだ」

前《さき》にも述べた通り、休火山である富士の火口は擂鉢のような形になっている。

神通洞の出口は、その内側斜面の周縁部に近い位置に突き出した巨大な溶岩突起にあるのだった。それゆえ、反対側の斜面が見えたのである。

「わわっ、下は本当に蟻地獄だっ」

見下ろすと、高さ百五十メートルくらいの急斜面が火口の底——大内院まで続いている。

噴火口は、今は土砂で埋まっていた。

神通洞に入る時は煌々《こうこう》たる満月の光が降りそそいでいたのに、いつの間にか空は薄曇りになっていて、月は見えない。

「こっちに道があるようだ。二人とも気をつけろよ」

出口の右手に、一尺ほどの幅の出っ張りがある。

嵐四郎は、岩壁に貼りつくようにして、横向きで少しずつ慎重に移動を始めた。お凜と朱星も、それに習う。足を踏み外せば、火口の底まで転げ落ちるか、途中の岩の角で五体をずたずたに切り裂かれるのではないか。

七色の洞窟を歩いている時は、なぜか船酔いのように胃袋が揺れて気分が悪くなったが、そんな感覚は消し飛んでしまった。両手の指と足の爪先の感触に、全神経を集中する。

ようやく溶岩突起の上に出ると、一町ほど先が、さらに中くらいの崖になっている。だが、右側に狭いスロープがあるので、そこから登れるようだ。

「晩秋どころか、真冬の江戸よりも寒いや」

お凜が愚痴をこぼす。

薄曇りの空の下を、三人は冷たい風に吹かれながら、黙々と歩く。空気が薄いので、喘ぐように呼吸をせねばならない。

スロープを登ると、ようやく、道があった。富士講信者が八峰巡りをするための道である。火口周縁部につけられたその道に立って、三人は、ようやく富士山の頂上にいると実感できた。

眼下に、雲海が広がっているからだ。しかも、その雲海のあちこちに、まるで波間に姿を現す大海蛇のように、幾つもの紫電《しでん》が走っている。雲海そのものも、荒海のようにうねっていた。

「凄い……」

寒さに震えながらも、お凜は、そのダイナミックな光景に見どれてしまう。たしかに、四半刻もかからずに富士山の頂上に辿り着いたのだから、神通洞はその呼び名の通りの洞窟だったのだ。

「ああ……」

富士をご神体とする聖山教団の信徒である朱星は、普通の女人なら絶対に登れないはずの頂上に立って、感無量のようであった。こんな状況でなければ、嬉し涙を流していただろう。

嵐四郎は振り向くと、巨大な溶岩突起を見下ろして、

「あれが虎岩《とらいわ》だとすると、ここは火口の南側だな。星心は東側にいるはずだから、こっちだ」

そう言って、右手の方へ歩き出す。二人も、それに続く。

夏場の富士には、毎年、数千人数万人もの信者が押し寄せて、その中の多くの者が八峰巡りをする。

それなのに、今まで神通洞が発見されなかったのは、平安時代の書物に「石体驚奇にして、宛《さなが》ら蹲虎《そんこ》の如《ごと》し……」と描写された虎岩の口が出口になっていたからだろう。

身を寄せ合うようにしながら七町ほど歩くと、勢子ケ岳の頂上に至った。この先、道は下りになり、再び登りになると、そこが阿弥陀岳だ。

その下りの道が上りの道になる底に、何かが赤々と光っている。そこに人影が見えた。

「いたな」

こんな夜中に、富士の頂上にいる人物は、星心以外には考えられぬ。まして、灯火とは異なる妖《あや》しの光源を持つ者といえば、なおさら星心しかありえない。

「でも、嵐四郎様。どうやって、星心を倒すの。あの聖石には人を燃やす力があるんでしょう？」

「その効力は、三間までしか利かぬそうだ。だから、星心を聖石から引き離しさえすれば、どうにかなる。遠間《とおま》から攻撃できるお前たちの刺雷と三角礫が、役に立ちそうだ」

頭痛がしてきたが、それを無視して、嵐四郎は言った。

「ですが、嵐四郎様。有効距離が三間というのは、わたくしが見ていた時であって、その後、十人の生娘の血を吸ったので、さらに強力になっているかも知れません」

「その時はその時だ。ここで考えこんでいても、奴は討てぬ」

嵐四郎は、お凜と朱星の顔を見て、

「俺にもしものことがあったら、お前たちが必ず星心を倒すのだ。よいなっ」

「は…はいっ」

「わかりましたっ」

その時には、星心を倒した後に自分たちも自殺する覚悟で、二人は答えた。

三人は、八峰巡りの道から外れて、火口内斜面を進む。なるべく、音を立てないように苦労して、ようやく星心の背後に至った。

幾十もの祭り太鼓が同時に乱打されているように、雷鳴が雲海から湧き上がっている。紫電の走りも、先ほどより激しくなっていた。

白い行者装束の星心は、嵐四郎たちのいる岩場より六間ほど先のところに、結跏趺坐《けっかふざ》していた。彼の右側に卒塔婆《そとば》のようなものが二本、立っている。

彼の三間ほど先に、聖石の載った三方が置かれていた。聖石のひび割れの内側からは、真っ赤な光が洩れている。しかも、その光は脈動していた。

(聖石は離れた場所にある。背後から不意をつけば……殺《や》れる!)

嵐四郎は、左右にいるお凜と朱星に目で合図した。二人も、無言で頷く。

立ち上がった嵐四郎は、雷鳴に隠れるように、ひそやかに星心に接近する。お凜と朱星も左右に散開して、前進していた。

星心の背中まで、あと二間と迫った時、

突然、星心が立ち上がって、振り向いた。笑みすら浮かべている。

「遅かったな!」

驚きながらも、嵐四郎は走った。左右の二人は、刺雷と三角礫を放つ。

星心は、卒塔婆のようなものに手を伸ばして、引き抜いた。

それは、平べったい両刃の長剣であった。黒行者たちが富士塚で生贄の娘たちを殺害した時に使用したものと同じ形をしている。刃が、薄緑色の霊光を帯びていた。

星心は、左手に構えた長剣で刺雷を叩き落とす。そして、彼の背後の岩にぶつかって後頭部へ飛来した三角礫を、後ろも見ずに右手の長剣で叩き落とした。

茶星を倒した山彦の術も、星心には無力だったのだ。

しかし、その時には、嵐四郎は、己れの刃圏の中に星心を捕らえていた。腰の大刀を引き抜き、真っ向う唐竹割りにすべく振り下ろす。

がっ、と火花が散った。斜め十字に組み合わせた星心の長剣が、嵐四郎の刃を受け止めたのだ。

次の瞬間、星心の前蹴りが、嵐四郎の腹に炸裂《さくれつ》する。嵐四郎の軀は、二間も後ろへ吹っ飛んだ。

地面に落ちた嵐四郎は、

「ごふっ」

黄水を吐く。血が混じっていた。大刀は、そばに転がっている。

「嵐四郎様っ」

お凜と朱星が、思わず嵐四郎に駆け寄った。

星心が長剣を打ち鳴らす。すると、雲海から紫電が猟犬のように飛び出して、二人の背中に衝突した。

「あっ！」

「きゃあっ！」

お凜たちは、地面に叩きつけられた。全身が痺れて、すぐには動けない。呼吸すら、うまくいかないほどだ。

「聖石を持たぬ私を襲えば、倒せると思ったのか。つくづく愚かな者たちであるよ。しかも、その二人は女だ。神聖な御山《おやま》を穢《けが》す不浄《ふじょう》の牝犬ではないか、不心得者め」

星心は静かに語る。

「天はすでに、私の手に六十余州を委ねることを決められたのだ。虫けら風情《ふぜい》が如何《いか》に足掻《あが》こうとも、運命は変えられぬ」

「黙れっ」

叫んだ嵐四郎は、胃の腑が反転するような感覚に、思わず咳こむ。

「お前たちに見せてやろう。もうじき始まる、江戸の最期《さいご》をな」

「か…影富士が江戸へ伸びるのは、夕方ではないのか。まだ、夜明け前だぞ」

「たしかに、その通りだ。夕陽を浴びた富士の影は、当然の事ながら、夕刻にならなければ現れぬ……だがな」

星心は、さっと右手の長剣を天にかざした。すると、幔幕《まんまく》を開いたように、空を覆っていた薄雲が瞬時に掻き消えて、煌《きら》めく星空が頭上に広がる。

「見ろ、あれを！」

嵐四郎は、お凜は、朱星は、信じられぬものを見た。沸き立つように荒れ狂う雲海に、巨大な台形の影が東を指して延びているのだ。

「夜明け前なのに……」

はっと気づいた嵐四郎は、西の空を見上げた。そこに、満月が無心に輝いている。

「月の光で…影富士が………っ⁉」

「そうだ。月光影富士という。よほど条件が揃わぬと、現れぬものだがな。今日の夕方まで待つことはない。この月光影富士で、私は今から江戸を滅ぼす」

大刀をつかんで、嵐四郎は立ち上がった。

「痴《し》れ者《もの》っ！」

星心を袈裟懸けにしようとする。が、星心は、ゆらりとその一撃をかわすと、長剣の柄頭で嵐四郎の胸を突く。

またもや、嵐四郎の軀は後方へ吹っ飛ばされた。地面に落ちた嵐四郎に、お凜と朱星が必死で這い寄る。

「肋骨が折れたかな。まあ、死にはすまい」

星心は、余裕たっぷりの口調で言う。

「もう、気がついたと思うが、お前たちの軀は冷え切っている。手の指も満足に動くまい。みんな、唇が紫色だぞ。寒かろう。仙元大菩薩のお力が影富士に流れこむべく一カ所に集まっているので、御山全体が異常に冷えこんでいるのだ」

「………」

「頭痛もひどいだろう。高い山に慣れていない者は、そうなる。しかも、嵐四郎は責め問いの傷もあるからな」

悔しいが、すべて星心の言う通りであった。嵐四郎も、お凜たちも、とても満足に闘える体調ではない。

「月光影富士で江戸が壊滅し終えた頃には、朝日が昇ってくる。すると、西に向かって影富士が延びるのだ。それで、京も滅ぼしてしまおう。徳川家と天朝、二つながらに消えて、私の天下が訪れる。私を信じ敬う者だけが生きることを許される素晴らしい世になるのだ」

「星心…お前に尋ねておくことがある……」

頭痛と吐き気を堪《こら》えながら、嵐四郎は歯の間から押し出すようにして、言った。お凜と朱星は、先ほどから、彼の両側からすがりついている。

「お前には、百数十万の死を背負うだけの覚悟があるのか」

「覚悟……？」星心は首を傾げて、

「虫けらが死ぬことに、覚悟なぞ必要なかろう。それとも、お前は何か覚悟をしているというのか」

「おうよ」嵐四郎は言う。

「悪党ばかりとはいえ、俺も多くの人間を斬ってきた。だから、死ねば地獄に堕《お》ちるだろう。それは覚悟している。永遠に地獄で責め苛《さいな》まれようとも、愛《いと》しい女たちと一緒なら耐えられるだろうよ」

嵐四郎は、ふてぶてしい嗤いを浮かべた。

「……嵐四郎様っ」

「嵐四郎様っ！」

お凜と朱星が、感極まった声で叫ぶ。

「くだらぬ」

東の方を向いた星心は、右の長剣を振るった。煮え立つような雲海が、左右に開ける。

駿州から相模国、武蔵国、安房、上総、下総までが一望できた。まだ人々が安らかな眠りを貪っている国々の上に、月光影富士が覆いかぶさっている。

次に、星心は左右の長剣の切っ先を三方の聖石の方へ向けた。

ぴしっ、と聖石に大きな亀裂が走る。その亀裂は瞬く間に広がって、茹《ゆ》で卵の殻が剝けるように、ばらばらと表面の黒砕《こくぼく》が落ちた。

中から出てきたのは、髑髏《しゃれこうべ》であった。子供のそれのように小さいが、燃えるように真っ赤に光っている。

「ははは、いよいよ始まるぞ。大地震が江戸を襲うのだ」

さすがに高ぶった口調で星心が言った時、嵐四郎は大刀を拾って立ち上がっていた。星心に向かって、走る。

振り向いた星心は、刃圏に入ってきた嵐四郎の頸部めがけて、無造作に右の長剣を振るった。

が、嵐四郎は、それを大刀で受け止める。いや、受け止めるどころか、弾き返した。

「うっ!?」

星心が驚いた隙に、二度、大刀を振るった。

「おおォォ……っ!」

右腕も左腕も、肘から先がなくなってしまった。

その切断面から湯気を立てて噴き出す鮮血を見て、星心の目玉は眼窩から飛び出しそうになる。余裕たっぷりの仮面は、完全に剝がれ落ちていた。

「ゆ、指が動かぬはずなのに……」

「お前が得意げに話している間に、女たちが懐で俺の両手を温めてくれたのだ。女たちのおかげで、お前を討つことができる……お前が不浄の牝犬と罵《ののし》った女たちのおかげで、な」

「て…天の意志に逆らうつもりかっ」

悲鳴に近い甲高い声で、星心は叫ぶ。

「私が支配者になることが天の意志だ……天罰を畏《おそ》れぬのかっ」

「まだ、正式に名乗っていなかったな」

嵐四郎は、一歩後ろに退がって、

「俺は闇目付、結城嵐四郎。見えぬ涙を見て、聞こえぬ悲鳴を聞いて、言えぬ怨念を叫ぶ者だ……お前のような最低の外道を倒すためならば、地獄に堕ちることも厭《いと》わぬ漢《おとこ》と知れ！」

大刀が二度、水平に閃いた。

恐怖に引きつった星心の首が吹っ飛ぶ。そして、胴体が上と下に割れて倒れた。首と上半身と下半身は、血を噴きながら富士の斜面を転がり落ちて、すぐに見えなくなった。

「これが地獄送りの破邪の剣だ——」

嵐四郎は血振すると、それを納刀した。そして、星心の長剣を拾い上げる。

薄緑色の霊光は消えていた。あれは、星心の気が注入されて、光っていたのだろう。

無造作に三方に近づく。そして、真っ赤に輝く髑髏に、長剣を振り下ろした。

「〜〜〜〜っ!!」

何かを叫んで、髑髏は粉々に砕け散る。

赤い焰の欠片《かけら》が四方八方に飛び散り、その中の一つは空高く舞い上がると、ふらふらと西の方へ飛んで行き、やがて消えた。

百八十年の怨みと呪いの結晶にしては、あっけない最期であった。

一陣の風が頂上を吹き抜けて、ふと気づくと、あれほどひどかった冷気は消え失せている。

晩秋の夕方程度の温度になっていた。

「嵐四郎様っ！」

お凜と朱星が、同時に叫んだ。

長剣を捨てた嵐四郎は、ゆっくりと二人の方へ戻った。

「動けるか」

二人に手を貸して、立たせる。

と、不意に、周囲が明るくなった。

驚いて振り向くと、東の空から今日の太陽が昇ろうとしているのであった。御来光《ごらいこう》である。

「きれい……涙が出そう……」

お凜が、うっとりとした声で呟く。朱星は手を合わせて、頭《こうべ》を垂れていた。

「美しいな」結城嵐四郎は静かに言った。

「……だが、俺の目には美しすぎる」

半月ほど後——幕府からの無言の圧力で、関宿藩の久世大和守広運が養子の広周《ひろちか》に七代目藩主の座を譲った日に、晴れた空の下を中仙道の塩尻《しおじり》宿から三河《みかわ》へ向かう伊那《いな》街道を東へ向かっていた大神の今日次は、浪合《なみあい》宿近くの弁天《べんてん》の森に差しかかった。いつものように、一文字笠に黒繻子の合羽という姿である。

ふと見ると、街道の脇に、白髪頭の痩せこけた老婆が蹲っている。粗末な身形《みなり》で、空の駕籠を背負っているから、野菜売りかも知れない。

早朝のせいか、街道を歩いているのは、今日次だけであった。

今日次は無表情に、老婆の脇を足早に通り過ぎた。

老婆は低く唸っているだけだ。あまりの苦しさに、今日次を呼び止めることも出来ないのだろう。彼が通り過ぎたことすら、気がついていないのかも知れない。半町ほど先で、今日次は立ち止まった。振り向きはしない。二、三歩、歩き出して、また立ち止まる
さらに、五、六歩、歩いてから、急に振り向いた。急いで、老婆のもとに駆け寄る。
「婆さん、大丈夫かい、しっかりしな。腹痛か、差しこみか、家は近くか。俺が背負ってやるからな。さ、遠慮するな。口説いたりしねえから、安心してくれ。俺の好みは、もう少し年増だ。ははは。ほら――」

ほぼ同じ頃――江戸は赤坂門から東の旗本屋敷の方へ延びる坂を、二人の男が上っていた。岡っ引の三田の伝次、それに乾分の条松である。条松は、手拭いで首筋の汗をふきながら、

「それにしても、鉋の安を殺したのが、田丸屋《たまるや》の下女だったなんてねえ。まだ十五ですよ。女は怖いなあ」

「十五なら、嫁に行ってもおかしくねえ年齢《とし》だ。大体、十五だろうが六十五だろうが、手籠《てごめ》にされた挙げ句に苦労して貯めた金まで脅しとられちゃあ、刺し殺したくもなるだろうよ」

「あの娘、どうなるんでしょうねえ。死罪じゃありませんよね、親分」

「この野郎、若い娘っ子が絡んでると、やけに熱が入りやがる」

伝次は苦笑して、

「まあ、殺された相手に落ち度があったんだから、中追放ってとこだろう」

「へえ……あれ？」

粂松は、肩越しに振り向いて、今、すれ違った相手の背中を見つめる。

肩に担いだ棒の両側に砥石《といし》を入れた台箱をぶら下げた、廻《まわ》り研屋《とぎや》である。まだ若い小柄な男だった。

「どうした」

「いや、あの研屋の若い者ですがね。なんか、どこかで会ったような……どこだったかなあ」

「ちぇっ、呆れた野郎だ。娘っ子だけじゃなくて、若衆趣味まであったのか、おめえは。ちっとは、御用に身を入れやがれ。例の紅屋《べにや》の放火《つけび》の下手人も、まだ見つからねえんだぞっ」

舌打ちして一喝した伝次が、

「さ、行くぞ」

そう言っても、粂松はぼんやりと立ったまま、動かない。

「いつまで研屋の臀を眺めてるんだ、おめえはっ」

「あ、違いますよ、親分」と粂松。

「富士山を見てたんですよ。今日も、きれいですねえ」

「うん？」

その坂は、富士見坂《ふじみざか》という。江戸には、この名のついた坂が幾つもある。

「……ああ、そうだな」

表情を和らげた伝次は、目を細めて、

「餓鬼《がき》の時からこの年齢《とし》になるまで毎日見ているが、富士の御山は、いつ見ても心が洗われるようだな」

乾分と一緒になって、くっきりと輪郭を際立たせた富士山を眺める。

男装のお凜は、その会話を背中で聞きながら、くすりと笠の下で笑った。

今日も、ひどく暑くなりそうである。どこかの屋敷の庭で、蟬《せみ》が癇癪を起こしたかのように、けたたましく鳴き始めた。

この年の七月二日――午後四時ごろ。京の都は、マグニチュード六・五という大地震に襲われた。

洛中《らくちゅう》の土蔵のほとんどは共振現象を起こして崩壊し、西本願寺《にしほんがんじ》が一尺ほど傾き、二条城《にじょうじょう》にも被害が出た。死者は二百八十名、負傷者は千三百名。翌年の一月まで、六百数十回の余震があった。

京都所司代が幕府へ提出した被害報告書には、この地震の直前に天から赤い焰のようなものが鞍馬山《くらまやま》に落ちてきたという目撃譚が載せられているが、「その真偽定かならず」と書かれている――。

〈参考資料〉

『富士講の歴史』岩科小一郎（名著出版）
『富士の性典』伊藤堅吉（富士博物館）
『富士山歴史散歩』遠藤秀男（羽衣出版）
『「おかげまいり」と「ええじゃないか」』藤谷俊雄（岩波書店）
『続女悦交悦／秘閨訓』青木信光（綜合図書）
『飯盛女』五十嵐富夫（新人物往来社）
『図説　佐渡金山』テム研究所（ゴールデン佐渡）
『いれずみ（文身）の人類学』吉岡郁夫（雄山閣出版）
その他

あとがき

反省……というほどでもないが、「最近、作風が少しばかりおとなしくなったのではないか」と思うことがあり、とんでもなく強い主人公が問答無用で斬って斬って斬りまくる屍山血河の大伝奇チャンバラを書こうと試みたのが、本作品である。

テンションを上げるために、執筆中は、野村胡堂、国枝史郎、陣出達朗、早乙女貢、笹沢左保、大藪春彦という先輩諸氏の作品を読みまくっていた。それにしても、黄金期の熱気は羨ましい。胡堂の『三万両五十三次』を報知新聞の連載時に毎日、リアルタイムで読んでいた人々の〈楽しみ〉を考えると、一読者としての私は嫉妬をおぼえるほどだ。

さて、一書き手の私としては、本作に限界まで――これ以上多くすると小説として成立しなくなるのではないかと思えるまで、チャンバラやアクションを投入した。よって、全枚数における活劇場面の濃度は、おそらく、今まで私が書いた作品の中でベスト・スリーに入ると思う。理屈抜きで楽しんでいただければ、幸いである。久しぶりの書下ろしで肩は十分に温まったので、私はこれからも、読者の血液を沸騰させるような作品を書いていくつもりだ。

なお、聖山教団にまつわる設定は、当然のことながら、すべて作者の創作であることを、念のためにお断りしておく。

最後になりましたが、今回も素晴らしいカバーイラストを描いて下さった笠井あゆみ氏、解説を書いていただいた細谷正充氏、そして辛抱強く脱稿を待ってくれた文庫編集部のI氏に、この場を借りて、お礼を申し上げます。

鳴海　丈

二〇〇六年八月

解説

細《ほそ》谷《や》正充《まさみつ》
（文芸評論家）

本書『闇目付・嵐四郎《らんしろう》 邪教斬り』は、闇目付・結城嵐四郎の活躍を描く、シリーズの第二弾だ。闇目付といっても、嵐四郎は役人ではない。町奉行所などでは裁けぬ事件や、権力の理不尽を許さぬため、町年寄三人が結成した〈死番猿《しばんざる》〉の依頼で、悪を斬る死刑執行人なのである。

「俺は闇目付、結城嵐四郎。見えぬ涙を見て、聞こえぬ悲鳴を聞いて、言えぬ怨念を叫ぶ者だ……お前のような最低の外道を倒すためならば、地獄に堕ちることも厭《いと》わぬ漢《おとこ》と知れ！」

これは本書の中に出てくる、嵐四郎の雄叫びである。主人公がいかなる人物か、このセリフだけで分かろうというものだ。クールな態度の裏に、熱い魂を抱いた、鳴海作品ならではのヒーローなのである。

さて、主人公の波乱の人生が、現実にまで影響を及ぼしたのか、前作『闇目付・嵐四郎 破邪の剣』が刊行されるまでには、ちょっとした曲折があった。本書の内容に触れる前に、まずはそのあたりの事情を説明しておこう。

シリーズ第一弾『闇目付・嵐四郎 破邪の剣』は、全五話から成る連作短編集だ。第一話から第三話までは「小説CLUB」に掲載されたが、同誌の休刊によって、シリーズも中断。そのままの状態で数年が過ぎたが、二〇〇四年になって第四話・第五話を書下ろし、光文社文庫の一冊として刊行されたのである。『闇目付・嵐四郎 破邪の剣』の表紙に〝文庫書下ろし&オリジナル〟と記されているのは、そういうわけだ。作家は小説を書くのが仕事とはいえ、一度、中断した物語を再開するのは、なかなか難しいことである。その困難を乗り越えた、作者の果敢な姿勢に拍手を送りたい。

しかも書下ろされた第五話「地獄の掟」では、嵐四郎が修羅の道に入る要因となった事件——妹を非業《ひごう》の死に追い込んだ黒幕と対決するのだ。まさに物語の締めくくりに相応《ふさわ》しい作品であり、「闇目付・嵐四郎」シリーズは、これで完結したと思っていた。それだけに本書の刊行は、嬉しい驚きなのである。完全書下ろしの長編となって帰ってきた、シリーズ第二弾『闇目付・嵐四郎 邪教斬り』は、前作以上に剣戟の響きの絶えることのない、大チャンバラ小説だ。

物語は文政十三年六月一日の深夜、下総関宿藩・久世大和守広運《ひろたか》の下屋敷内にある富士塚から始まる。富士塚とは、霊山・富士の姿を模した模造富士山のこと。江戸にはこのような富士塚がたくさんあり、女性や足腰の弱い老人など、実際に富士へ行くことのできない人々が、代わりにお参りしている。関宿藩下屋敷の富士塚も、そのひとつだ。しかし、清らかな信仰の対象であるべき場所は、血にまみれた。鉄士隊と名乗る奇怪な一団が、富士塚の頂上で、全裸の生娘《きむすめ》を殺したのだ。これを見咎《みとが》めた藩士も殺され、久世大和守は怒り心頭に発した。

だが、事件はこれだけでは終わらない。目切坂の上の目黒富士の頂上で、またもや生娘が殺されたのだ。その娘が〈死番猿〉のひとりの隠し子だったこともあり、依頼を受けた結城嵐四郎は、さっそく事件解決に乗り出す。いままでの流れから次の事件の場所を予測した嵐四郎は、高田稲荷の稲荷宮の裏手にある高田富士で、鉄士隊から三人目の生娘を助けた。しかし娘は、人体発火により焼死。鉄士隊は〈聖石〉と呼ぶ、不思議な岩を持ち去った。娘の死を悔やみ、鉄士隊の後を追い、東海道を行く嵐四郎。彼とは別に、久世大和守の命を受けた、鬼念流剣法の遣い手・犬丸夜九郎も、鉄士隊を追っていた。

一方、嵐四郎の恋人のお凜《りん》は、江戸に残って勘五郎という彫物師を捜していた。勘五郎が、彫物を消す方法を知っているらしいという、情報をキャッチしてのことだった。もしかしたら、前作で助けた金沢藩主の妹で、まだ幼い藤姫の背中にある筋彫りを消せるかもしれない（なぜ藤姫にそんな筋彫りがあるか、理由を知りたい人は『闇目付・嵐四郎 破邪の剣』を読もう）。だが、勘五郎の行方は摑めない。

その勘五郎、鉄士隊から何やら依頼を受けて、霊山・富士へ向かっていた。しかし彼らの、あまりの不気味さに恐怖を抱き、沼津で隙をみて逃げたのだ。そして出会ったのが、嵐四郎と縁のある賞金稼ぎの渡世人・大神の今日次である。これが縁で、大神の今日次も、一件にかかわってくる。鉄士隊と彼らを使嗾《しそう》する聖山教団の首領・星心は、何をたくらんでいるのか。富士を血に染めた、三つ巴、四つ巴の闘いが展開する。

チャンバラ・チャンバラ・チャンバラ。とにもかくにもチャンバラ！　本書の魅力は冒頭からラストまで、途絶えることなきチャンバラにある。闇目付の嵐四郎。さまざまな武器を使う鉄士隊。嵐四郎に匹敵する遣い手の犬丸夜九郎。賞金稼ぎの大神の今日次。いずれも一癖ある奴らが、紙幅狭しと、縦横無尽に斬りまくる。

おっと、男だけではない。嵐四郎の恋人のお凜や、死客人の鈴虫松虫姉妹も、瞠目《どうもく》すべきアクションを見せてくれる。まるで強くなければ、物語に登場する資格なしといわんばかりの、凄腕オン・パレード。それが最初から最後まで、ひたすらチャンバラをしてくれるのだから、ワクワクせずにはいられない。チャンバラ・ファン必読といいたくなる、面白さである。

これだけでも大満足なのだが、本書の読みどころは、まだまだ多い。そのひとつとして、キャラクターの魅力を挙げておこう。無惨な過去を背負い、悪を斬るために修羅の道を行く主人公の結城嵐四郎の魅力は当然として、今回、特に味わい深いのが大神の今日次である。大神の今日次は、前作の第四話から登場した賞金稼ぎだ。剣の腕こそ嵐四郎に及ばぬものの、甘いマスクと独特の個性で、読者に強い印象を残した。そのキャラクターは本書でも健在。たとえば、最初の登場シーンで見せた、大神の今日次の非情な行為。残酷といえば、たしかに残酷だ。しかしそこには、自己のルールを貫く男の矜持《きょうじ》があるではないか。いかにも鳴海作品の登場人物らしい、ハードボイルドな男なのだ。

ところが、大神の今日次の魅力になっている自己のルールが、本書では彼を苦しめる。クライマックスで彼は、究極の選択を迫られるのだ。それが何かは、読んでのお楽しみ。しかし、これだけはいってもいいだろう。大神の今日次の選択と、ラストのある行動。それを読んで私は、彼のことが、ますます好きになってしまった。弱き者を虐《しいた》げる力や、権力の理不尽に、激しい怒りをぶつける作者は、一方で、限りなく人間という存在を信頼している。今回の大神の今日次の行動は、それを象徴するものではないだろうか。

この他にも、聖山教団の成り立ちや、星心の意外な正体。聖石に秘められた力と、それを使った破天荒な陰謀と、面白い要素がてんこ盛り。ノン・ストップのストーリーを、とこととん楽しめてしまうのである。

前作『闇目付・嵐四郎 破邪の剣』の「あとがき―時代劇映画雑感―」は、作者の時代劇への想いが爆発した、素晴らしいものであった。年季の入った時代劇ファンなら、作者の意見にも熱く同意することだろう。そして、その中にある、

「制約をバネにする、創意工夫と不屈の情熱によって逆境から新しい何かを生み出す――それこそが日本の職人魂、ものづくり魂なのだ。

大工の息子であり、大工の孫であり、はたまた下駄職人の曾孫である私もまた、かつてない出版不況、活字危機の最中で、時代小説の継承と発展に心血を注ぐ覚悟である」

は、時代劇を始めとするエンタテインメントで育った作者が、自らも創作者として時代物の世界を豊饒にしようという、高らかな宣言となっている。真っすぐで、迷いなき〝覚悟〟。鳴海作品には、常に、それが込められている。いうまでもなく、本書にもだ。エンタテインメントに理屈は不要だが、だからといって作者の志を忘れてはいけない。鳴海丈の〝時代小説の継承と発展に心血を注ぐ覚悟〟を受け取れば、この痛快な物語を、より深く味わえるのである。

光文社文庫

文庫書下ろし／長編時代小説
闇《やみ》目《め》付《つけ》・嵐《らん》四《し》郎《ろう》 邪《じゃ》教《きょう》斬《ぎ》り
著 者 鳴《なる》 海《み》 丈《たけし》

2006年9月20日 初版1刷発行

発行者 篠 原 睦 子
印 刷 堀 内 印 刷
製 本 ナショナル製本

発行所 株式会社 光 文 社
〒112-8011 東京都文京区音羽1-16-6
電話 (03)5395-8149 編集部
8114 販売部
8125 業務部

ISBN4-334-74129-0 Printed in Japan

お願い　光文社文庫をお読みになって、いかがでございましたか。「読後の感想」を編集部あてに、ぜひお送りください。
　このほか光文社文庫では、どんな本をお読みになりましたか。これから、どういう本をご希望ですか。どの本も、誤植がないようつとめていますが、もしお気づきの点がございましたら、お教えください。ご職業、ご年齢などもお書きそえいただければ幸いです。当社の規定により本来の目的以外に使用せず、大切に扱わせていただきます。

光文社文庫編集部

光文社文庫　好評既刊

五家狩り　佐伯泰英
八州狩り　佐伯泰英
代官狩り　佐伯泰英
鉄砲狩り　佐伯泰英
奸臣狩り　佐伯泰英
役者狩り　佐伯泰英
流離　佐伯泰英
足抜　佐伯泰英
見番　佐伯泰英
清掻　佐伯泰英
初花　佐伯泰英
遣手　佐伯泰英
木枯し紋次郎（全十五巻）　笹沢左保
お不動さん絹蔵捕物帖　笹沢左保
海賊船幽霊丸　笹沢左保
けものの谷　澤田ふじ子
夕鶴恋歌　澤田ふじ子

花篝　澤田ふじ子
闇の絵巻（上・下）　澤田ふじ子
修羅の器　澤田ふじ子
森蘭丸　澤田ふじ子
大盗の夜　澤田ふじ子
鴉婆　澤田ふじ子
千姫絵姿　澤田ふじ子
淀どの覚書　澤田ふじ子
城をとる話　司馬遼太郎
侍はこわい　司馬遼太郎
戦国旋風記　柴田錬三郎
若さま侍捕物手帖（新装版）　城　昌幸
白狐の呪い　庄司圭太
まぼろし鏡　庄司圭太
迷子石　庄司圭太
鬼火　庄司圭太
鷽　庄司圭太

岡本綺堂
半七捕物帳

ときめき砂絵
なめくじ長屋捕物さわぎ
都筑道夫